CHARLES BUKOWSKI

Cartas na rua

Tradução de PEDRO GONZAGA

www.lpm.com.br

L&PM POCKET

Coleção **L&PM** POCKET, vol. 976

Texto de acordo com a nova ortografia.
Título do original: *Post Office*

Primeira edição na Coleção **L&PM** POCKET: setembro de 2011
Esta reimpressão: maio de 2025

Capa: Ivan Pinheiro Machado
Tradução: Pedro Gonzaga
Preparação: Patrícia Rocha
Revisão: Matheus Gazzola Tussi

CIP-Brasil. Catalogação na Fonte
Sindicato Nacional dos Editores de Livros, RJ

B949c

Bukowski, Charles, 1920-1994
Cartas na rua / Charles Bukowski; tradução de Pedro Gonzaga. – Porto Alegre, RS: L&PM, 2025.
192p. – (Coleção L&PM POCKET; v. 976)

Tradução de: *Post Office*
ISBN 978-85-254-2449-5

1. Ficção americana. I. Gonzaga, Pedro II. Título. III. Série.

11-5100. CDD: 813
CDU: 821.111(73)-3

Rua Comendador Coruja, 314, loja 9 – Floresta – 90.220-180
Porto Alegre – RS – Brasil / Fone: 51.3225.5777

Pedidos & Depto. comercial: vendas@lpm.com.br
Fale conosco: info@lpm.com.br
www.lpm.com.br

Impresso no Brasil
Outono de 2025

Charles Bukowski
(1920-1994)

Charles Bukowski nasceu a 16 de agosto de 1920 em Andernach, Alemanha, filho de um soldado americano e de uma jovem alemã. Aos três anos de idade, foi levado aos Estados Unidos pelos pais. Criou-se em meio à pobreza de Los Angeles, cidade onde morou por cinquenta anos, escrevendo e embriagando-se. Publicou seu primeiro conto em 1944, aos 24 anos de idade, e somente aos 35 começou a publicar poesias. Foi internado diversas vezes com crises de hemorragia e outras disfunções geradas pelo abuso do álcool e do cigarro. Durante a sua vida, ganhou certa notoriedade com contos publicados pelos jornais alternativos *Open City* e *Nola Express*, mas precisou buscar outros meios de sustento: trabalhou catorze anos nos Correios. Casou, teve uma filha e se separou. É considerado o último escritor "maldito" da literatura norte-americana, uma espécie de autor beat honorário, embora nunca tenha se associado com outros representantes beats, como Jack Kerouac e Allen Ginsberg.

Sua literatura é de caráter extremamente autobiográfico, e nela abundam temas e personagens marginais, como prostitutas, sexo, alcoolismo, ressacas, corridas de cavalos, pessoas miseráveis e experiências escatológicas. De estilo extremamente livre e imediatista, na obra de Bukowski não transparecem demasiadas preocupações estruturais. Dotado de um senso de humor ferino, autoirônico e cáustico, ele foi comparado a Henry Miller, Louis-Ferdinand Céline e Ernest Hemingway.

Ao longo de sua vida, publicou mais de 45 livros de poesia e prosa. São seis os seus romances: *Cartas na rua* (1971), *Factótum* (1975), *Mulheres* (1978), *Misto-quente* (1982), *Hollywood* (1989) e *Pulp* (1994), todos na Coleção **L&PM** POCKET. Em sua obra também se destacam os livros de contos e histórias: *Notas de um velho safado* (1969), *Erections, Ejaculations, Exhibitions, and General*

Tales of Ordinary Madness (1972; publicado em dois volumes em 1983 sob os títulos de *Tales of Ordinary Madness* e *The Most Beautiful Woman in Town*, lançados pela L&PM Editores como *Fabulário geral do delírio cotidiano* e *Crônica de um amor louco*), *Ao sul de lugar nenhum* (1973; L&PM, 2008), *Bring Me Your Love* (1983), *Numa fria* (1983; L&PM, 2003), *There's No Business* (1984) e *Miscelânea Septuagenária* (1990; L&PM, 2014). Seus livros de poesias são mais de trinta, entre os quais *Flower, Fist and Bestial Wail* (1960), *O amor é um cão dos diabos* (1977; L&PM, 2007), *You Get So Alone at Times that It Just Makes Sense* (1996), sendo que a maioria permanece inédita no Brasil. Várias antologias, como *Textos autobiográficos* (1993; L&PM, 2009), além de livros de poemas, cartas e histórias reunindo sua obra foram publicados postumamente, tais quais *O capitão saiu para o almoço e os marinheiros tomaram conta do navio* (1998; L&PM, 2003) e *Pedaços de um caderno manchado de vinho* (2008; L&PM, 2010).

Bukowski morreu de pneumonia, decorrente de um tratamento de leucemia, na cidade de San Pedro, Califórnia, no dia 9 de março de 1994, aos 73 anos de idade, pouco depois de terminar *Pulp*.

Esta é uma obra de ficção, dedicada a ninguém.

Cartas
na rua

Correios dos Estados Unidos
Los Angeles, Califórnia

Escritório da Diretoria 1º de janeiro de 1970
Memorando 742

CÓDIGO DE ÉTICA

Todos os empregados devem estar atentos ao Código de Ética dos Correios, conforme o artigo 742 do Manual dos Correios, e à Conduta de Empregados, artigo 744 do Manual dos Correios.

Os empregados dos Correios estabeleceram, ao longo dos anos, uma sólida tradição de fiel serviço à Nação, jamais superada por outro grupo. Cada empregado deve se orgulhar dessa tradição de bons serviços prestados. Cada um de nós deve lutar para tornar sua contribuição imprescindível no movimento contínuo dos Correios em direção a um progresso constante, visando sempre os interesses públicos.

Todo o pessoal dos Correios deve agir com total integridade e com completa devoção ao interesse público. Espera-se do pessoal dos Correios que mantenha os mais altos princípios morais, que observe as leis dos Estados Unidos da América, as regras e os regulamentos do Departamento dos Correios. Não é exigida apenas conduta ética, mas aos diretores e empregados é pedido que estejam alertas para evitar qualquer ação que possa parecer uma negligência em relação às obrigações postais. Os deveres designados devem ser levados a termo de forma efetiva e consciente. Os Correios têm o privilégio único de manter um contato diário com a maioria dos cidadãos da Nação, e é, em muitas instâncias, a principal maneira de contato do Governo Federal com a população. Desse modo, há sempre uma responsabilidade e uma oportunidade especiais para cada empregado dos Correios agir com honra e integridade à altura do interesse público; refletindo, assim, credibilidade e reconhecimento aos Correios e a todo o Governo Federal.

Todos os empregados são requisitados a consultarem o artigo 742, do Manual dos Correios, os Padrões Básicos de Conduta Ética, o Comportamento Pessoal dos Empregados, as Restrições a Atividades Políticas etc.

Diretor Encarregado

UM

I

Tudo começou como um erro.

Era época de Natal e ouvi do bêbado lá da colina, que aplicava esse truque todo Natal, que eles contratariam qualquer desgraçado, então eu fui, e a próxima coisa que me lembro é de estar com essa sacola de couro sobre meus ombros, vagando à toa por aí. Que emprego, pensei. Moleza! Eles davam a você apenas um ou dois pacotes de cartas e se você desse um jeito de se livrar deles, o carteiro regular lhe daria outro pacote para carregar, ou talvez você voltasse lá para dentro e o panaca da seção lhe desse outro, mas, na maior parte das vezes, bastava fazer uma média, seguir no seu ritmo, ir empurrando os tais cartões de Natal pelos buracos das caixas de correspondência.

Acho que foi no meu segundo dia como empregado temporário de Natal que esse mulherão apareceu e passou a me acompanhar enquanto eu entregava as cartas. O que quero dizer com mulherão é que seu rabo era grande e as tetas eram grandes e que ela era grande em todos os lugares em que deveria ser. Ela me pareceu meio louca, mas fiquei olhando para o seu corpo e não me incomodei.

Ela falava e falava e falava. Então o negócio se revelou. O marido era militar em uma ilha distante, e ela se sentia solitária, você sabe, e vivia em uma pequena casa de fundos, sozinha.

– Onde fica a casinha? – perguntei.

Ela escreveu o endereço em um pedaço de papel.

– Também estou sozinho – eu disse –, passo mais tarde por lá e aí conversamos.

Eu estava meio enrolado, mas minha parceira passava metade do tempo fora, em algum lugar, e eu ficava de fato só. Eu estava disponível para aquele rabão parado ao meu lado.

– Está bem – ela disse –, até de noite.

Ela era das boas, ótima na cama, mas, como todas as fodas ocasionais, depois da terceira ou quarta noite eu perdia o interesse e não voltava mais.

Mas não conseguia parar de pensar, meu Deus, tudo o que esses carteiros têm de fazer é entregar cartas e trepar. Esse é o serviço ideal para mim, ah, sim sim sim.

2

Então fiz o exame, passei, fiz o exame físico, passei, e lá estava eu: um carteiro em estágio probatório. O começo foi fácil. Mandaram-me para o Posto de West Avon e foi exatamente como no Natal, só que não consegui uma trepada. Todo dia eu esperava por uma foda, mas nada acontecia. O supervisor era gente fina e eu me poupava, fazendo uma entrega aqui e outra ali. Eu nem sequer usava uniforme, só um quepe. Vestia minhas roupas de sempre. Também, do jeito que minha parceira Betty e eu bebíamos, dificilmente sobrava dinheiro para roupas.

Até que fui transferido para o Posto de Oakford.

O supervisor era um cavalo chamado Jonstone. Precisavam de ajuda por ali e logo entendi por quê. Jonstone gostava de usar camisas vermelho-escuras – o que significava sangue e perigo. Havia sete substitutos – Tom Moto, Nick Pellegrini, Herman Stratford, Rosey Anderson, Bobby Hansen, Harold Wiley e eu, Henry Chinaski.

O horário de apresentação era às cinco da manhã e eu era o único bêbado por ali. Sempre bebia até depois da meia-noite; e lá ficávamos sentados, marcando ponto às cinco da manhã, esperando a hora chegar, esperando algum dos carteiros regulares ligar alegando alguma doença. Eles em geral ficavam doentes quando chovia ou durante uma forte onda de calor, ou então no dia seguinte a um feriado, quando o peso da correspondência dobrava.

Havia quarenta ou cinquenta rotas diferentes, talvez mais, cada uma distinta da outra, e você jamais seria capaz de decorar todas elas. Era preciso estar com o malote arrumado e pronto antes das oito para os despachos por caminhão, e Jonstone não aceitava desculpas. Os substitutos organizavam seus itinerários pelos cantos, partiam sem almoçar e morriam nas ruas. Jonstone nos fazia começar com trinta minutos de atraso – girando em sua cadeira com sua camisa vermelha – "Chinaski, pegue a rota 539". Começávamos com meia hora de atraso e ainda assim esperavam que entregássemos toda a correspondência e voltássemos a tempo. E uma ou duas vezes por semana, já em frangalhos, liquidados e fodidos, tínhamos de fazer as coletas noturnas e o horário programado era impossível de ser cumprido – o caminhão não podia ir tão rápido. Você tinha de pular quatro ou cinco caixas de correio no primeiro turno e no segundo elas estariam tão abarrotadas que você, já fedendo, corria com o suor empapando os sacos. Eu me ferrava bonito. Jonstone não podia estar mais contente.

3

Os próprios substitutos tornavam a existência de Jonstone possível ao obedecerem suas ordens impossíveis. Eu não podia entender como um homem tão óbvio em sua crueldade podia ocupar um cargo desses. Os carteiros regulares não se importavam, o cara do sindicato menos ainda, de modo que escrevi um relatório de trinta páginas num dos meus dias de folga, enviei uma cópia a Jonstone e levei a outra à Central Federal. A recepcionista me disse para esperar. Eu esperei e esperei e esperei. Esperei por uma hora e meia, depois fui levado até um homenzinho grisalho, com olhos cinzentos como cinza de cigarro. Não me convidou sequer para sentar. Começou a gritar comigo assim que passei pela porta:

– Você é um filho da puta metido a espertinho, não é?

– Preferia que o senhor não me xingasse, senhor.

– Você é um desses filhos da puta sabichões, que têm vocabulário e gostam de ficar se exibindo por aí!

Ele esfregou o relatório na minha cara. E berrou:

– O SR. JONSTONE É UM GRANDE HOMEM!

– Não seja bobo. O cara é obviamente um sádico.

– Há quanto tempo trabalha nos Correios?

– Há três semanas.

– O SR. JONSTONE ESTÁ NOS CORREIOS HÁ TRINTA ANOS!

– E o que uma *coisa* tem a ver com a outra?

– Eu disse, O SR. JONSTONE É UM GRANDE HOMEM!

Creio que o desgraçado queria mesmo me matar. Ele e Jonstone deviam ser amantes.

– Está bem – eu disse –, Jonstone é um grande homem. Esqueça essa merda toda agora.

Então fui embora e resolvi tirar o dia seguinte de folga. Sem remuneração, é claro.

4

Quando Jonstone me viu chegar às cinco da manhã seguinte, girou em sua cadeira e sua cara e sua camisa ficaram da mesma cor. Mas não disse nada. Não dei a mínima. Eu tinha ficado até as duas bebendo e trepando com Betty. Inclinei-me para trás e fechei os olhos.

Às sete Jonstone deu mais um giro. Todos os outros substitutos tinham recebido serviço ou sido mandados a outros postos que precisavam de ajuda.

– Isso é tudo, Chinaski. Hoje não há nada para você. – Ficou olhando para o meu rosto. Foda-se, eu não dava a mínima. Tudo o que eu queria fazer era voltar para cama e dormir mais um pouco.

– Tudo bem, Stone – eu disse.

Entre os carteiros ele era conhecido como "O Stone", mas eu era o único que o chamava assim.

Fui embora, dei a partida na lata velha e logo eu estava na cama com Betty.

– Ah, Hank! Que bom!

– Maravilha, baby!

Grudei-me àquele rabo quente e dormi em 45 segundos.

5

Mas na manhã seguinte foi a mesma coisa:

– Isso é tudo, Chinaski. Hoje não há nada para você.

Aquilo seguiu por uma semana. Eu sentava lá, todas as manhãs, das cinco às sete e não era pago. Meu nome foi até riscado das coletas noturnas.

Então Bobby Hansen, um dos caras mais antigos – em tempo de serviço –, me disse:

– Ele fez isso comigo uma vez. Tentou me matar de fome.

– Não dou a mínima. Não vou lamber as bolas dele. Ou dou o fora ou morro de fome, tanto faz.

– Isso não é necessário. Compareça ao Posto Prell todas as noites. Diga ao supervisor que você não está recebendo serviço e pode ficar como substituto de entregas especiais.

– Posso fazer isso? Não contraria nenhuma regra?

– Eu recebia um cheque a cada duas semanas.

– Obrigado, Bobby.

6

Esqueci a que horas o negócio começava. Seis ou sete da noite. Algo assim.

Tudo o que você tinha de fazer era sentar com um punhado de cartas, pegar o mapa das ruas e calcular o trajeto. Uma barbada. Todos os motoristas levavam muito mais tempo do que o necessário para calcular as rotas e eu jogava o jogo deles. Saía quando todos saíam e voltava quando todos voltavam.

Depois era só dar mais outra volta. Sobrava tempo para vadiar um pouco nos cafés, folhear os jornais, me sentir decente. Sobrava tempo até para o almoço. Sempre que queria tirar um dia de folga, eu tirava. Numa das rotas havia uma jovem, grande, que recebia uma entrega especial toda noite. Ela confeccionava vestidos sensuais e camisolas e os usava. Você subia aquela escada íngreme lá pelas onze da noite, tocava a campainha e fazia a entrega especial. Ela deixava escapar um gemido, algo como "OOOOOOOOOOHHHH!", e ficava ali parada, perto, bem perto, e não o deixava ir embora enquanto não tivesse lido tudo; depois diria:

– OOOOOooooh, boa noite, MUITO obrigada!

– Isso aí, dona – você diria na saída, o pau do tamanho de um touro.

Mas aquilo não durou muito. A mensagem chegou pelo correio, depois de uma semana e meia de liberdade:

"Prezado sr. Chinaski:
O senhor deve se apresentar ao Posto de Oakford imediatamente. Qualquer forma de recusa estará sujeita a advertência ou demissão.
Superint. A. E. Jonstone, Posto de Oakford."

Mais uma vez eu voltava à minha cruz.

7

– Chinaski! Pegue a rota 539!

A rota mais difícil do Posto. Condomínios com caixas de correio que tinham nomes quase apagados ou mesmo nenhum nome, sob pequenas lâmpadas em saguões escuros. Velhas senhoras de pé nas varandas, do começo ao fim da rua, fazendo as mesmas perguntas, como se fossem uma só pessoa, sempre com a mesma voz:

– Carteiro, tem alguma carta para mim?

E você tinha então vontade de berrar:

– Dona, como, *diabos*, posso saber quem é a *senhora,* quem sou eu, quem é qualquer um?

O suor escorrendo, a ressaca, a impossibilidade de cumprir o horário programado, e Jonstone com sua camisa vermelha, sabendo de tudo, divertindo-se a valer, fazendo de conta que tudo aquilo tinha a ver com contenção de despesas. Mas todo mundo sabia por que ele agia assim. Que grande homem ele era!

As pessoas. As pessoas. E os cães.

Preciso falar dos cães. Era um daqueles dias de calor, acima dos 35 graus, e eu corria como louco, suando, enjoado, delirando, podre de ressaca. Cheguei num pequeno condomínio que tinha uma caixa de correio no térreo, ao lado da calçada. Abri-a com minha chave. Não havia nenhum som. Então senti algo se enfiando entre minhas pernas, junto à virilha. Recuei num salto e me afastei. Olhei em volta e lá estava um pastor alemão, dos grandes, o focinho quase enfiado no meu cu. Um movimento de suas mandíbulas me arrancaria as bolas. Decidi que aquelas pessoas não receberiam as cartas naquele dia e talvez não recebessem nunca mais. Cara, deixa eu dizer uma coisa, aquele bicho chegou mesmo a meter aquele focinho lá dentro. SNUFF! SNUFF! SNUFF!

Coloquei a correspondência de volta na sacola de couro e depois, bem devagar, devagar mesmo, dei meio passo à frente. O focinho me seguiu. Dei mais um meio passo com o outro pé. O focinho me seguiu. Então dei um passo inteiro, bem devagar. E mais outro. Depois parei. O focinho estava fora. O bicho ficou ali parado, olhando para mim. Talvez nunca tivesse sentido um cheiro como aquele, e não soubesse bem o que fazer.

Escapei dali a passos leves.

8

Houve outro pastor alemão. Era um verão quente e ele veio PULANDO de um quintal e então SALTOU, cruzando o ar. Seus dentes estalaram, errando por pouco a minha jugular.

– OH, JESUS! – gritei. – OH, JESUS CRISTO! ASSASSINATO! ASSASSINATO! SOCORRO! ASSASSINATO!

A fera deu meia-volta e saltou de novo. Acertei sua cabeça em cheio com a sacola, bem no meio do salto, as cartas e as revistas voaram. Ele estava pronto para saltar outra vez quando dois caras, os donos, surgiram e o agarraram. Então, enquanto o cão me encarava sem parar de rosnar, eu me agachei e recolhi as cartas e as revistas que teria de reorganizar em frente à varanda da casa seguinte.

– Seus filhos da puta dementes – eu disse aos dois homens –, esse cachorro é um assassino. Livrem-se dele ou mantenham ele longe da rua!

Eu teria dado uma sova nos dois, mas havia aquele cachorro ali, rosnando e bufando no meio deles. Fui até a varanda adiante e reorganizei a minha correspondência em cima dos joelhos.

Como de costume, não tive tempo de almoçar, mas ainda assim, quando retornei, estava quarenta minutos atrasado.

O Stone olhou o relógio.

– Você está quarenta minutos atrasado.

– Você nunca chegou – eu lhe disse.

– Será registrado no relatório.

– Tenho certeza disso, Stone.

Ele tinha o formulário apropriado na máquina de escrever e já o preenchia. Enquanto eu estava sentado, acomodando as cartas e preparando as devoluções, ele se aproximou e jogou o formulário na minha cara. Eu estava cansado de ler seus relatórios e sabia, desde a minha ida ao centro, que qualquer protesto seria perda de tempo. Sem olhar para o papel, atirei-o ao cesto de lixo.

9

Todas as rotas tinham armadilhas e apenas os carteiros regulares as conheciam. Todo dia era a mesma merda, e você precisava estar preparado para um estupro, um assassinato, cães ou algum tipo de insanidade. Os regulares não revelavam seus segredinhos. Era a única vantagem que tinham – exceto saberem seus itinerários de cor. Era de matar para um novato, principalmente para um que bebia a noite inteira, ia para cama às duas, levantava às quatro e meia, depois de trepar e cantar a noite toda, e quase conseguindo sair ileso de tudo isso.

Um dia eu andava pela rua e o percurso corria bem, embora fosse uma rota nova, e pensei, Jesus Cristo, talvez seja a primeira vez em dois anos que terei tempo para almoçar.

Eu sofria de uma ressaca horrível, mas mesmo assim tudo ia bem até chegar um bolo de cartas endereçadas a uma igreja. O endereço não tinha número, apenas o nome da igreja e do bulevar que ficava em frente. Subi, mareado, as escadas. Não encontrei a caixa de correio e não havia ninguém por ali. Algumas velas ardiam. Pequenas bacias para mergulhar os dedos. E um púlpito vazio a me encarar, e todas as estátuas, de um vermelho pálido, azuis, amarelas, as aberturas fechadas, uma manhã fodida de calor.

Jesus Cristo, pensei.

E fui embora.

Dei a volta pela lateral da igreja e topei com uma escada que descia. Atravessei uma porta aberta. Você sabe o que eu vi? Uma fila de banheiros. E chuveiros. Mas estava escuro. Todas as luzes apagadas. Como, diabos, esperam que um homem encontre uma caixa de correspondência no escuro? Então avistei o comutador. Apertei a chave e as luzes da igreja se acenderam, dentro e fora. Avancei até a sala seguinte e havia batinas de padres estendidas numa mesa. Havia também uma garrafa de vinho.

Pelo amor de Deus, pensei, quem no mundo senão eu seria pego numa cena como essa?

Agarrei a garrafa de vinho, dei um bom gole, deixei as cartas sobre as batinas e voltei a passar pelos chuveiros e banheiros. Apaguei as luzes, dei uma boa cagada no escuro e fumei um cigarro. Pensei em tomar uma chuveirada, mas podia enxergar as manchetes: CARTEIRO É FLAGRADO BEBENDO O SANGUE DE CRISTO E

TOMANDO BANHO NU NUMA IGREJA CATÓLICA APOSTÓLICA ROMANA.

Então, finalmente, não sobrou tempo para almoçar e quando voltei Jonstone me pôs no relatório por estar vinte e três minutos fora do horário programado.

Mais tarde descobri que a correspondência da igreja devia ser entregue na casa paroquial da esquina. Mas agora, claro, já sabia onde dar uma cagada e tomar um banho quando estivesse na pior.

10

A estação das chuvas começou. Boa parte do dinheiro era gasta em bebidas, e por isso meus sapatos tinham furos nas solas e minha capa de chuva estava velha e rota. Qualquer chuvarada mais forte e eu me molhava a valer – minhas cuecas e meias ficavam ensopadas. Os carteiros regulares ligavam para dizer que estavam doentes, telefonavam alegando doenças em todos os postos da cidade, de modo que havia trabalho o dia inteiro no Posto de Oakford, a bem da verdade em todos os postos. Até os substitutos ligavam doentes. Não liguei com essa desculpa porque estava muito cansado para pensar numa coisa dessas. Naquela manhã em particular, fui escalado para o Posto Wently. Caía uma dessas tempestades que duram cinco dias, pingos que pareciam uma cortina contínua de água que afoga a cidade, que afoga tudo, os bueiros incapazes de escoar a água com a devida rapidez, a água subindo pelos meios-fios e, em algumas partes, alcançando os gramados e as casas.

Mandaram-me para o Posto Wently.

– Disseram que precisavam de um bom homem – disse o Stone, quando eu já enfiava o pé em uma tromba d'água.

A porta se fechou. Se a lata velha pegasse, e pegou, bem, eu seguiria para Wently. De todo modo, isso não faria diferença: se o carro não pegasse, eles o metiam num ônibus. Meus pés já estavam úmidos.

O supervisor de Wently me colocou na frente de uma caixa. Já estava totalmente lotada e comecei a socar mais cartas nela com a ajuda de outro substituto. Nunca tinha visto uma caixa daquele jeito! Devia ser algum tipo de piada de mau gosto. Contei doze pacotes embrulhados na caixa. Aquela caixa devia cobrir metade da cidade. Eu não sabia ainda que a rota era composta só por colinas íngremes. Quem quer que a tenha idealizado é um louco.

Conseguimos levantar o malote e levá-lo para fora e, assim que eu estava para sair, o superior se aproximou e disse:

– Não posso ajudá-lo de nenhuma maneira com isso.

– Beleza – eu disse.

Beleza uma ova. Mais tarde, descobri que ele era o melhor amigo de Jonstone.

A rota começava no posto. Na primeira das doze rondas, pisei em cheio numa poça d'água e comecei a descer a colina. Era a parte pobre da cidade – pequenas casas e pátios com caixas de correspondência cheias de aranhas, caixas presas apenas com um prego, velhas senhoras dentro das casas enrolando cigarros e mascando fumo, cantando com os lábios fechados para canários sem tirar os olhos de você, um idiota perdido no meio da chuva.

Quando as cuecas se molham elas não param de deslizar, deslizam bunda abaixo, um aro molhado suspenso apenas pelo fundilho das calças. A chuva borrava os endereços em algumas cartas; um cigarro não se mantinha aceso. Você tinha de ficar metendo a mão no malote atrás das revistas. Era só a primeira ronda e eu já estava cansado. Meus sapatos estavam empapados de lama e davam a impressão de serem botas. A cada momento, eu pisava em algo escorregadio e quase caía.

Uma porta se abriu e uma velha fez a pergunta ouvida cem vezes ao dia:

– O que houve com o carteiro de *sempre*?

– Dona, POR FAVOR, como é que *eu* vou saber? Diabos, como posso saber uma coisa dessas? Estou aqui, e ele está em algum outro lugar!

– Ah, você é um tipo *esquentadinho*!

– Esquentadinho?

– Sim.

Eu ri e pus uma carta inchada pela chuva na sua mão, depois segui em frente. Quem sabe colina acima a coisa esteja melhor, pensei.

Uma outra tia velha, querendo ser bacana, me perguntou:

– Você não gostaria de entrar, tomar uma xícara de chá e se secar um pouco?

– Dona, a senhora não percebe que não temos tempo sequer para puxar as cuecas?

– Puxar as cuecas?

– SIM, PUXAR NOSSAS CUECAS! – berrei para ela e sumi dentro da cortina d'água.

Terminei a primeira ronda. Levou cerca de uma hora. Onze rondas mais, isto é, onze horas mais. Impossível, pensei. Devem ter deixado a pior rota de todas para mim já de saída.

Colina acima era pior porque era preciso carregar ainda o próprio peso.

O meio-dia chegou e passou. Sem almoço. Estava na quarta ou quinta ronda. Mesmo num dia seco aquela rota seria impossível. No meu estado, era tão impossível que não conseguia sequer pensar sobre isso.

A certa altura eu estava tão molhado que pensei que iria me afogar. Descobri uma varanda mais ou menos protegida e fiquei ali, tentando dar um jeito de acender um cigarro. Tinha dado umas três tragadas quando ouvi a voz de uma velhinha às minhas costas:

– Carteiro! Carteiro!

– Sim, dona? – perguntei.

– AS SUAS CARTAS ESTÃO SE MOLHANDO!

Olhei para o malote e, de fato, eu tinha deixado a aba de couro aberta. Algumas gotas tinham caído de um buraco no teto da varanda.

Me afastei. Basta, pensei, só um idiota suportaria o que estou passando. Vou encontrar um telefone e dizer a eles que venham pegar as cartas e que enfiem esse emprego no rabo. Jonstone venceu.

No momento em que decidi largar tudo, me senti bem melhor. Através da chuva avistei um prédio ao pé da colina que parecia ter um telefone. Eu estava a meio caminho do topo. Quando desci, vi que se tratava de um pequeno café. Um aquecedor estava ligado lá dentro. Bem, caralho, pensei, posso ao menos me secar. Tirei minha capa de chuva e meu quepe, larguei o malote no chão e pedi uma xícara de café.

Era um café muito escuro. Requentado. O pior café que eu já tomara, mas ao menos estava quente. Bebi três xícaras e fiquei sentado por uma hora, até estar completamente seco. Então olhei para fora: havia parado de chover! Saí e subi a colina, comecei a entregar mais uma vez as cartas. Segui meu próprio ritmo e terminei a rota. Lá pela décima segunda ronda, eu caminhava à luz do crepúsculo. Quando cheguei ao posto já era noite.

A entrada dos carteiros estava fechada.

Bati na porta de ferro.

Um funcionário pequeno e com um ar irritado apareceu e abriu.

– Mas que diabo, por que demorou tanto? – gritou para mim.

Fui até a caixa e larguei no chão o malote úmido, cheio de devoluções, cartas com endereços errados, cartas recolhidas. Tirei a minha chave e joguei contra a caixa. Você era obrigado a assinar ao devolver a chave. Não me dei ao trabalho. O outro ainda estava parado ali.

Olhei para ele.

– Garoto, se você me disser mais uma palavra, se você der um espirro que seja, que Deus me ajude, pois acabo com sua raça!

O garoto não disse nada. Dei o fora dali.

Na manha seguinte, fiquei esperando que Jonstone se virasse e me dissesse algo. Ele agia como se nada tivesse acontecido. A chuva tinha parado e nenhum carteiro regular alegou estar doente. O Stone mandou três substitutos para casa, sem pagamento, um deles era eu. Quase senti por ele uma espécie de amor.

Tomei meu rumo e me grudei no rabo quente de Betty.

11

Mas então começou a chover de novo. O Stone me mandou para um negócio chamado Coleta de Domingo, e se você está pensando que tem alguma coisa a ver com igreja, esqueça. Era preciso pegar um caminhão e uma prancheta na Garagem Oeste. A prancheta dizia que ruas tomar, que hora você devia estar lá e como chegar à próxima caixa de coleta. Algo como: 14h32, Beecher e Avalon, 3E 2D (significando 3 quarteirões à esquerda e 2 à direita) até as 14h35; e você ficava se perguntando como é que conseguiria pegar uma caixa, dirigir cinco quarteirões em três minutos e ainda preparar outra caixa. Às vezes levava mais de três minutos só para esvaziar uma caixa de domingo. E as indicações não eram acuradas. Às vezes contavam como rua o que não era mais que uma alameda e outras vezes chamavam de alameda o que era uma rua. Não tinha jeito de você saber direito onde estava.

Era uma dessas chuvas contínuas, que não era forte, mas que não parava nunca. O lugar por onde eu passava era novo para mim. Mas pelo menos havia luz o suficiente para ler as instruções. À medida que escurecia, porém, ficava mais difícil de ler (sob a luz do painel) e localizar as caixas de coleta. A água também subia pelas ruas, e muitas vezes acabei afundando até os tornozelos.

Foi quando pifou a luz do painel. Eu não conseguia ler a prancheta. Não tinha a mais vaga ideia de onde estava. Sem a prancheta, eu era como um homem perdido no deserto. Mas a sorte não estava de todo contra mim – ainda. Eu tinha duas caixas de fósforo e, antes de ir a cada nova caixa de coleta, eu acendia um fósforo, memorizava bem as coordenadas e seguia em frente. Pelo menos uma vez eu vencera a Adversidade, aquele Jonstone lá no céu, olhando para baixo, me vigiando.

Depois virei numa esquina, saltei para descarregar uma das caixas e quando voltei a prancheta SUMIRA!

Jonstone no Céu, tenha Piedade! Eu estava perdido na escuridão e na chuva. Não seria eu algum tipo de idiota? Não seria eu o responsável por fazer com que essas coisas acontecessem comigo? Era bem provável. Provavelmente eu não passava de um retardado e tinha que agradecer apenas pelo fato de estar vivo.

A prancheta estava presa ao painel. Me dei conta de que talvez tivesse caído do caminhão na última curva brusca. Desci com as calças enroladas até os joelhos e avancei com dificuldade por meio metro d'água. Estava escuro. Nunca encontraria a porra da prancheta! Continuei andando, acendendo fósforos – mas nada, nada! Devia ter saído boiando. Ao chegar à esquina, tive juízo o suficiente para perceber em que direção a água avançava e resolvi seguir a correnteza. Vi um objeto flutuando, acendi um fósforo, e lá estava ELA! A prancheta! *Impossível*! Senti que era capaz de beijá-la. Sofri para voltar ao caminhão, entrei, desenrolei as calças e *prendi* de fato a prancheta ao painel. É claro, àquela altura, eu já estava com o cronograma atrasado, mas pelo menos tinha encontrado a merda da prancheta. Não estava perdido nos cafundós da rua SEI LÁ O QUÊ. Não teria de tocar a campainha de alguém para perguntar o caminho de volta à garagem dos Correios.

Já podia ouvir um filho da puta rosnando lá da sala da frente, bem quentinha:

– Ora, ora, mas você não é empregado dos Correios? Não sabe o caminho de volta à garagem?

Então segui em frente, acendendo fósforos, saltando redemoinhos, esvaziando as caixas de coleta. Eu estava cansado e ensopado, de ressaca, mas esse era o meu estado normal e eu me arrastava através do cansaço como fizera na água. Não deixava de pensar num banho quente, nas maravilhosas pernas de Betty e – alguma coisa que pudesse me dar força – na imagem de mim mesmo sentado em uma cadeira confortável, um drinque na mão, o cachorro ao meu redor, recebendo um afago em sua cabeça.

Mas ainda faltava muito para chegar lá. As paradas na prancheta pareciam intermináveis e, quando cheguei ao fim, estava escrito "vire" e virei o papel e, tão certo quanto a morte, lá estava uma *outra* lista de paradas.

Com o último fósforo, fiz a última coleta, depositei a correspondência no posto indicado e era uma *carga*, depois dirigi de volta à Garagem Oeste. Ficava no extremo oeste da cidade, e no oeste a terra era muito plana, o sistema de drenagem não conseguia escoar a água e toda vez que chovia, ainda que fosse por pouco tempo, acontecia o que chamavam "enchente". A descrição era precisa.

À medida que eu seguia, a água subia mais e mais. Percebi que havia carros atolados e abandonados por toda parte. Aquilo era ruim. Tudo o que eu queria era me sentar naquela cadeira com um copo de uísque na mão e ficar olhando o rabo de Betty rebolar pra lá e pra cá pelo quarto. Então, num sinal, encontrei Tom Moto, outro dos substitutos de Stone.

– Pra que lado está indo? – Moto perguntou.

– A menor distância entre dois pontos, me ensinaram, é uma linha reta – respondi-lhe.

– É melhor não ir – ele me disse. – Conheço aquela área. Virou um oceano.

– Bobagem. Só é preciso ter um pouco de colhão. Tem um fósforo?

Acendi um e o deixei no sinal.

Betty, baby, já estou indo!

Sim.

A água subia sem parar, mas os caminhões dos correios são construídos a uma boa altura do chão. Peguei o atalho através do bairro residencial, a toda velocidade, e a água se erguia à minha volta. Continuava a chover, forte. Não havia carros à vista. Eu era o único objeto em movimento.

Betty baby. É isso aí.

Um cara parado em sua varanda riu de mim e gritou:

– OS CORREIOS NÃO PODEM PARAR!

Roguei-lhe uma praga e mostrei para ele meu dedo médio estendido.

Notei que a água estava chegando ao assoalho, girando ao redor de meus sapatos, mas continuei dirigindo. Só três quarteirões mais!

Então o caminhão enguiçou.

Ah, mas que merda.

Fiquei ali sentado, tentando fazê-lo pegar. Deu partida uma vez, voltou a morrer. Depois não respondeu mais. Fiquei sentado olhando a água. Devia estar cerca de um metro acima do nível da rua. O que eu deveria fazer? Ficar ali sentado até que enviassem um grupo de resgate?

O que o Manual dos Correios tinha a dizer sobre isso? Onde é que ele *estava*? Nunca conheci ninguém que tivesse visto um.

Caralho.

Tranquei o caminhão, pus as chaves de ignição no bolso e pulei na água – que já estava quase na altura da minha cintura – e tomei a direção da Garagem Oeste. Continuava chovendo. De repente, a água subiu cerca de dez centímetros. Eu andava por um gramado e descera o meio-fio. O caminhão estava estacionado no gramado de alguém.

Por um momento, achei que nadar seria mais rápido, mas, pensando bem, não, aquilo seria muito ridículo. Cheguei à garagem e me dirigi ao encarregado. Lá estava eu, molhado até a alma, e ele olhou para mim.

Joguei-lhe as chaves do caminhão e da ignição.

Então escrevi num pedaço de papel: 3435 Mountview Place.

– O caminhão está nesse endereço. Vá buscá-lo.

– Quer dizer que abandou ele lá?

– É isso mesmo, deixei ele lá.

Afastei-me e fui bater o cartão. Depois, só de cuecas, fiquei em frente ao aquecedor. Pendurei minhas roupas sobre ele. A seguir, corri os olhos pela sala. Lá estava, junto a outro aquecedor, Tom Moto, também de cuecas.

Nós dois rimos.

– Foi um inferno, não é? – ele perguntou.

– Inacreditável.

– Você acha que o Stone planejou tudo?

– Porra, sem dúvida! Até a chuva é obra dele!

– Ficou atolado lá?

– Claro.

– Eu também.

– Escute, baby – eu disse –, meu carro tem doze anos. O seu é novinho em folha. Tenho certeza que estou atolado lá fora. Que tal um empurrão para dar uma força para pegar?

– Beleza.

Vestimos as roupas e saímos. Moto tinha acabado de comprar um novo modelo há três semanas. Esperei o motor do carro dele pegar. Nem um ruído sequer. Oh, Cristo, pensei.

A chuva chegava ao assoalho.

Moto desceu.

– Não tem jeito. Está morto.

Tentei ligar o meu, sem nenhuma esperança. A bateria deu sinal de vida, uns pipocares, mas muito fracos. Puxei o afogador, tentei de novo. Pegou. Deixei-o roncar. VITÓRIA! Como aquilo foi bom. Então dei marcha à ré e empurrei o carro novo de Moto. Empurrei-o um quilômetro e meio. A coisa não soltava um peido. Empurrei-o até uma oficina, deixei-o lá e, pegando os caminhos mais altos e as ruas mais secas, voltei para o rabo de Betty.

12

O Stone tinha um carteiro favorito. Matthew Battles. Battles nunca aparecia com um amassado na camisa. Tudo o que usava era novo, parecia novo. Os sapatos, as camisas, as calças, o quepe. Os sapatos de fato brilhavam e nenhuma de suas roupas parecia ter passado uma vez sequer pela lavanderia. Assim que uma camisa ou um par de calças ficavam um pouquinho gastos, ele os jogava fora.

Com frequência, o Stone nos dizia quando Matthew passava:

– Vejam bem, lá vai um carteiro de verdade!

E O Stone estava falando sério. Seus olhos quase explodiam em faíscas de amor.

E Matthew ficava lá em pé em frente a sua caixa, ereto e limpo, penteado e com jeito de quem tinha tido uma boa noite de sono, os sapatos brilhando vitoriosos, e ele jogaria as cartas na caixa tomado de alegria.

– Você é um autêntico carteiro, Matthew!

– Obrigado, sr. Jonstone!

Uma vez, às cinco da manhã, entrei e fiquei sentado, esperando, bem atrás de Jonstone. Ele parecia um pouco abatido naquela camisa vermelha.

Moto estava perto de mim. Ele me disse:

– Flagraram o Matthew ontem.

– Flagraram o Matthew?

– É, ele vinha roubando correspondências, abrindo as cartas para o Templo Nekalayla e retirando o dinheiro. Depois de quinze anos de serviço.

– Como pegaram ele? Como descobriram?

– Por causa das velhinhas. Elas mandavam cartas com dinheiro para Nekalayla e não recebiam nem um cartão de agradecimento ou mesmo uma resposta. Nekalayla avisou os Correios, e os Correios ficaram de olho em Matthew. Flagraram o cara abrindo as cartas no banheiro, tirando a grana.

– Não brinca!

– Falo sério. Pegaram ele à luz do dia.

Apoiei-me na parede.

Nekalayla tinha construído um enorme templo e o tinha pintado de um verde cor de enjoo, acho que o verde o fazia lembrar de dinheiro, e tinha um escritório com uma equipe de trinta ou quarenta pessoas que não fazia nada além de abrir envelopes, retirar os cheques e o dinheiro, registrar a soma, o nome do remetente, a data de recebimento e assim por diante. Outros se ocupavam enviando livros e panfletos escritos por Nekalayla, e sua foto estava pendurada na parede, uma foto enorme de Nekalayla em suas vestes sagradas e barba, além de um quadro, também muito grande, de Nekalayla com os olhos postos sobre o escritório, vigiando tudo.

Nekalayla alegava ter encontrado Jesus Cristo enquanto vagava pelo deserto, sendo que Cristo lhe tinha contado tudo. Sentaram juntos sobre uma pedra, e Cristo foi despejando tudo. Agora ele transmitia os segredos para aqueles que pudessem se dar ao luxo de pagar. Também celebrava uma missa todo domingo. Seus auxiliares, que eram também seus seguidores, entravam e saíam com relógio de ponto.

Imagine Matthew Battles tentando sacanear Nekalayla que tinha encontrado Jesus no deserto!

– Alguém já falou no assunto com O Stone? – perguntei.

– Você só pode estar de *brincadeira*!

Ficamos ali sentados por cerca de uma hora. Um substituto foi escalado para a caixa de Matthew. Os demais foram escalados para outros serviços. Fiquei sentado, sozinho, atrás do Stone. Então me levantei e segui até a sua mesa.

– Sr. Jonstone?

– Sim, Chinaski?

– O que houve com o Matthew hoje? Ficou doente?

Stone baixou a cabeça. Olhou para o jornal que tinha nas mãos e fingiu seguir na leitura. Voltei para o meu lugar e me sentei.

Às sete, O Stone se virou:

– Não há nada para você aqui hoje, Chinaski!

Levantei e fui em direção à porta. Parei ali.

– Bom dia, sr. Jonstone. Tenha uma ótima jornada.

Ele não respondeu. Desci até a loja de bebidas e pedi uma dose de bourbon Grandad para o café da manhã.

13

As vozes das pessoas eram as mesmas, não importava onde você entregasse a correspondência, eram sempre as mesmas coisas.

– Você está atrasado, não é verdade?

– Onde está o carteiro regular?

– Oi, Tio Sam!

– Carteiro! Carteiro! Essa carta não é daqui!

As ruas estavam cheias de pessoas insanas e cretinas. A maioria delas morava em belas casas e não parecia trabalhar, e eu não deixava de me perguntar como elas faziam para sobreviver. Havia um cara que nunca deixava você colocar a correspondência em sua caixa. Ele ficava parado na calçada, aguardando você surgir, quando ainda faltavam duas ou três quadras de distância. Lá estava ele, a mão estendida.

Perguntei aos outros que já tinham feito aquela rota:

– Qual é o problema daquele cara que fica lá parado com a mão estendida?

– Que cara que fica parado com a mão estendida? – perguntavam.

Eles também tinham todos a mesma voz.

Certo dia, enquanto eu fazia essa rota, o homem-que-estende-a-mão estava a meia quadra rua acima. Conversava com um vizinho, olhou para trás em minha direção, a mais de meia quadra de distância, e confiou ser capaz de voltar e me alcançar. Quando deu as costas para mim, comecei a correr. Não consigo acreditar que tenha sido capaz de entregar as cartas tão depressa, movendo-me a largas passadas, sem folga ou pausa, eu ia liquidar com ele. Já estava com metade da carta enfiada em sua caixa quando ele se virou e me viu.

– NÃO, NÃO, NÃO! – gritou. – NÃO A COLOQUE NA CAIXA!

Desceu a rua correndo em minha direção. Tudo o que pude ver foi um borrão no lugar de seus pés. Deve ter corrido cem metros em nove segundos e dois décimos.

Coloquei a carta em sua mão. Eu o observei abrir a carta, andar em direção à varanda, abrir a porta e entrar em casa. O que significava tudo aquilo algum dia alguém teria de me contar.

14

Mais uma vez eu estava em uma nova rota. O Stone sempre me colocava em rotas difíceis, mas de vez em quando, dadas as circunstâncias das coisas, era obrigado a me deslocar em uma menos mortífera. A rota 511 era uma barbadinha, e lá estava eu pensando novamente em *almoçar*, o almoço que nunca vinha.

Era um bairro residencial, boa vizinhança. Sem apartamentos. Apenas casas e mais casas com belos gramados. Mas era uma rota *nova* e eu ia por ali me perguntando onde estaria a armadilha. Até o tempo estava agradável.

Por Deus, pensei, desta vez vou conseguir! Almoço e volto ainda a tempo de cumprir o cronograma! A vida, enfim, era suportável!

Essas pessoas não tinham nem cachorros. Ninguém parava do lado de fora esperando a sua carta. Passavam-se horas sem que uma voz humana fosse ouvida. Talvez eu tivesse atingido a minha maturidade postal, o que quer que isso significasse. Eu avançava, eficiente, quase tomado pela dedicação ao trabalho.

Lembrei-me de um dos carteiros mais velhos apontando para o próprio coração e me dizendo:

– Chinaski, um dia esse negócio vai te pegar, pegar bem *aqui*!

– Ataque cardíaco?

– Dedicação ao serviço. Você verá. Sentirá orgulho dele.

– Bobagem!

Mas o homem tinha sido sincero.

Pensava nele enquanto caminhava.

Então surgiu essa carta registrada que precisava ser assinada.

Avancei e toquei a campainha. Uma janelinha se abriu na porta. Não consegui ver o rosto que estava do outro lado.

– Carta registrada!

– Para trás! – disse uma voz de mulher. – Para trás para que eu possa ver o seu rosto!

Bem, pensei, aí está, mais uma louca.

– Olhe, dona, a senhora não *precisa* ver o meu rosto. Deixarei este canhoto na caixa de correspondência, e a senhora pode apanhar a sua carta lá no posto. Leve um documento de identidade.

Deixei o canhoto na caixa e fui me afastando da varanda.

A porta se abriu e ela avançou correndo. Usava uma dessas camisolas transparentes, sem sutiã. E mais uma calça azul-escura. Seu cabelo estava despenteado e arrepiado, como se os fios quisessem fugir da cabeça. Parecia haver algum tipo de creme em seu rosto, especialmente sob os olhos. A pele de seu corpo era branca como se o sol nunca a tivesse tocado, e seu rosto tinha um ar doentio. A boca pendia aberta. Usava um pouco de batom, e era bem feita de cima a baixo...

Percebi tudo isso enquanto ela corria na minha direção. Já estava enfiando a carta registrada de volta no malote.

Ela gritou:

– Me dê a minha carta!

Eu disse:

– A senhora terá que...

Ela agarrou a carta e correu até a porta e entrou correndo.

Caralho! Você não podia retornar sem a carta registrada ou ao menos sem a assinatura! Era preciso inclusive um registro posterior da minha parte, dando baixa da entrega.

– EI!

Fui atrás dela e meti o pé na porta bem a tempo.

– EI! VÁ À MERDA!

– Vá embora! Vá embora! Você é um homem mau!

– Veja, dona! Tente entender! A senhora precisa assinar o recibo. Não posso deixar que fique com ela assim! Está roubando os Correios dos Estados Unidos!

– Vá embora, homem mau!

Lancei todo o meu peso contra a porta e irrompi sala adentro. Estava escuro por ali. Todas as persianas estavam baixadas. Todas as persianas da casa estavam baixadas.

– O SENHOR NÃO TEM DIREITO DE ENTRAR NA MINHA CASA! SAIA!

– E a senhora não tem direito de roubar os Correios! Ou devolve a carta ou terá de assinar o recibo. Depois disso, eu vou embora.

– Está bem! Está bem! Eu assinarei!

Mostrei a ela onde assinar e lhe estendi uma caneta.

Olhei para os peitos e para o resto do corpo e pensei "que pena que seja louca, que pena, que pena".

Ela me devolveu a caneta e o recibo assinado – apenas um rabisco. Abriu a carta e começou a ler, enquanto eu me virava para sair.

Então correu até a porta, os braços abertos em cruz. A carta tinha ido parar no chão.

– Cretino! Cretino! Você veio aqui me estuprar!

– Olhe, dona, preciso ir.

– A MALDADE ESTÁ ESCRITA NA SUA CARA!

– E a senhora acha que eu não sei disso? Agora deixe eu sair!

Com uma das mãos tentei afastá-la para o lado. Cravou as unhas em um dos lados do meu rosto com gosto. Deixei o malote cair, meu quepe escorregou, e, enquanto pegava um lenço para estancar o sangue, ela voltou a avançar, arranhando-me a outra face.

– SUA PUTA! QUE DIABOS HÁ COM VOCÊ?

– Viu só? Viu só? Você é um estuprador de merda!

Ela estava quase em cima de mim. Agarrei seu rabo e comecei a beijá-la. Os peitos colados em mim, todo o seu corpo contra o meu. Ela recuou a cabeça e afastou-a de mim:

– Estuprador! Estuprador! Estuprador de merda!

Inclinei a cabeça e com a boca alcancei um dos peitos, depois segui para o outro.

– Estupro! Estupro! Estou sendo estuprada!

Ela estava certa. Baixei suas calças, abri o meu zíper, meti nela, e fomos andando de costas até o sofá. Caímos bem no meio dele.

Ela ergueu bem alto as pernas!

– ESTUPRO! – gritou.

Trepei com ela até gozar, fechei o zíper, apanhei o malote e saí enquanto ela olhava silenciosa para o teto...

Eu tinha perdido o almoço, mas nem assim consegui cumprir o cronograma.

– Você está quinze minutos atrasado – disse O Stone. Não lhe disse nada.

Stone olhou para mim.

– Por Deus, o que houve com seu rosto? – perguntou.

– O que houve com o seu? – devolvi-lhe a pergunta.

– O que você quer dizer?

– Esqueça!

15

Eu estava outra vez de ressaca, uma nova onda de calor assolava a cidade – uma semana com dias beirando os 38 graus. A bebedeira avançava pela noite, todas as noites, e já cedo pelas manhãs e ao longo dos dias lá estava O Stone e a impossibilidade de tudo.

Alguns dos caras usavam chapéus e óculos escuros como se estivessem sob o sol africano, mas eu, eu seguia na mesma, chuva ou sol – roupas esfarrapadas e sapatos tão velhos que os pregos ficavam sempre espetando meus pés. Coloquei pedaços de papelão nos sapatos. Mas isso só ajudou por um tempo – logo os pregos estavam espicaçando meus calcanhares de novo.

O uísque e a cerveja exalavam de mim, jorravam das axilas, e eu ia andando com minha maleta, com esta carga nas costas como uma cruz, sacando revistas, milhares de cartas, cambaleando, derretendo debaixo do sol.

Uma mulher me gritou:

– CARTEIRO! CARTEIRO! ESSA CARTA NÃO É DAQUI!

Olhei. Ela estava uma quadra morro abaixo e eu já estava fora do cronograma.

– Olhe, dona, ponha a carta do lado de fora. Pegamos amanhã!

– NÃO! NÃO! QUERO QUE VOCÊ LEVE ELA AGORA!

Ela sacudia a coisa no ar.

– Dona!

– VENHA BUSCAR! ELA NÃO É DAQUI!

Ah, meu Deus.

Soltei o malote. Depois peguei meu quepe e o atirei na grama. Rolou até a rua. Deixei-o ali e desci na direção da mulher. Meia quadra.

Desci o resto do caminho e arranquei a carta de sua mão, dei meia-volta e retornei.

Aquilo daria um anúncio! Correio de quarta categoria. Algo como uma liquidação de roupas pela metade do preço.

Apanhei o quepe do chão, enfiei-o na cabeça. Pus o malote de volta sobre o ombro esquerdo, recomecei mais uma vez, 37 graus.

Passei por uma casa e uma mulher correu atrás de mim.

– Carteiro! Carteiro! Não tem uma carta para mim?

– Dona, se não coloquei uma na sua caixa significa que a senhora não tem correspondências.

– Mas sei que o senhor tem uma carta para mim!

– O que a leva a acreditar nisso?

– Porque minha irmã me telefonou e disse que ia me escrever.

– Dona, não tenho nenhuma carta para a senhora.

– Sei que tem! Sei que tem! Sei que está aí!

Tentou agarrar um punhado de cartas.

– NÃO TOQUE NAS CARTAS DOS CORREIOS DOS ESTADOS UNIDOS, DONA! NÃO HÁ NADA PARA A SENHORA HOJE!

Dei meia-volta e me afastei.

– SEI QUE ESTÁ COM MINHA CARTA!

Uma outra mulher parou em sua varanda:

– O senhor está atrasado hoje.

– Sim, senhora.

– Onde está o carteiro regular?

– Está com câncer terminal.

– Câncer terminal? Harold está morrendo de câncer?

– Isso mesmo – eu disse.

Entreguei a correspondência para ela.

– CONTAS! CONTAS! CONTAS! – gritou. – É SÓ O QUE TEM PARA ME ENTREGAR? ESSAS CONTAS?

– Sim, dona, é só o que venho trazer.

Dei-lhe as costas e segui meu caminho.

Não era minha culpa se gastavam telefone e gás e luz, se compravam todas as coisas a prazo. No entanto, quando eu lhes trazia as contas, gritavam comigo – como se eu tivesse pedido que instalassem um telefone, ou comprassem um aparelho de televisão de 350 dólares sem ter dinheiro para pagar.

A próxima parada era um pequeno prédio de dois andares, bastante novo, de dez ou doze unidades. A fechadura da caixa era na frente, debaixo de uma varanda coberta. Por fim, um pouco de sombra. Enfiei a chave e abri a caixa.

– OLÁ, TIO SAM! COMO VAI VOCÊ HOJE?

A voz dele era alta! Não esperava a voz daquele homem atrás de mim. Ele tinha *gritado* comigo e eu, por estar de ressaca, me punha facilmente nervoso. Levei um susto. Aquilo era demais para mim. Puxei a chave da caixa e me voltei. Tudo o que consegui ver foi uma porta com tela. Havia alguém ali atrás. Protegido pelo ar-condicionado e pela invisibilidade.

– Vá se foder! – eu disse. – E não me chame de Tio Sam! *Não* sou o Tio Sam!

– Ah, você é um desses caras *malandros*, não é? Por dois centavos eu iria até aí cagar você a pau.

Peguei o malote e o joguei no chão. Revistas e cartas voaram para todos os lados. Eu teria de reorganizar toda aquela bagunça. Tirei o quepe e o arremessei contra o cimento.

– VENHA ATÉ AQUI, SEU FILHO DA PUTA! PELO AMOR DE DEUS, EU IMPLORO! VENHA ATÉ AQUI! VENHA ATÉ AQUI FORA!

Eu estava pronto para assassiná-lo.

Ninguém saiu. Não havia um som sequer. Olhei pela porta de tela. Nada. Era como se o apartamento estivesse vazio. Por um momento pensei em entrar. Depois dei meia-volta, me ajoelhei e comecei a reorganizar as cartas e revistas. Era um trabalho sem propósito. Vinte minutos depois eu tinha a correspondência organizada. Enfiei algumas cartas na caixa, joguei as revistas na varanda, tranquei a caixa, me virei, olhei para a porta de tela novamente. Ainda não havia som.

Terminei a rota, andando por ali, pensando, bem, ele vai ligar para dizer ao Jonstone que eu o ameacei. Quando eu voltar, é melhor estar preparado para o pior.

Abri a porta com violência e lá estava O Stone em sua mesa, lendo alguma coisa.

Fiquei ali de pé, olhando para ele, esperando.

O Stone me lançou um olhar, depois voltou ao que estava lendo.

Continuei parado, esperando.

O Stone seguia lendo.

– Bem – eu disse afinal –, o que está pegando?

– Pegando o quê? – O Stone me encarou.

– O TELEFONEMA! QUERO SABER TUDO SOBRE O TELEFONEMA! NÃO FIQUE AÍ PARADO!

– Que telefonema?

– Não recebeu um telefonema reclamando sobre mim?

– Telefonema? O que aconteceu? O que você andou aprontando por aí? O que você fez?

– Nada.

Me afastei e fui checar minhas coisas.

O cara não tinha telefonado. Nenhum mérito da sua parte. É provável que tenha pensado que eu voltaria lá se ele ligasse.

Passei pelo Stone ao retornar à minha caixa.

– O que você andou *aprontando* aí fora, Chinaski?

– Nada.

Minha atitude deixou O Stone tão confuso que ele se esqueceu de me dizer que eu estava trinta minutos atrasado e de anotar uma advertência para mim por isso.

16

Certa manhã eu organizava as cartas ao lado de G.G. Era assim que o chamavam: G.G. Seu verdadeiro nome era George Green. Mas há anos que o chamavam simplesmente de G.G., e depois de um tempo o apelido lhe caíra bem. Ele trabalhava como carteiro desde os seus vinte anos e agora estava com sessenta e muitos. Sua voz tinha sumido. Ele não falava. Grasnava. E quando grasnava, não dizia muita coisa. Não gostavam dele, mas também não chegavam a desgostar. Apenas estava ali. Seu rosto tinha se enrugado de modo a formar estranhos vincos e montículos de carne nada atraentes. Nenhuma luz irradiava de seu rosto. Não era mais que um velho camarada, endurecido pelo tempo, que tinha cumprido o seu trabalho: G.G. Os olhos pareciam pedaços mortos de argila socados nos globos oculares. O melhor que se podia fazer era não pensar nele, nem sequer olhá-lo.

Só que G.G., sendo já um veterano, tinha uma das rotas mais fáceis, bem no limite do bairro rico. De fato, podia-se chamar de bairro rico. Embora as casas fossem velhas, eram grandes, a maioria com dois andares. Jardins amplos, aparados, cultivados e verdejantes graças ao trabalho de jardineiros japoneses. Algumas estrelas de cinema viviam por ali. Um cartunista famoso. Um escritor de best-sellers. Dois ex-governadores. Ninguém vinha falar com você naquela área. Não se via uma viva alma na região. A única vez em que você avistava alguém era no começo da rota onde havia casas menos caras, e ali as crianças incomodavam o cara um bocado. Quero dizer, G.G. era um solteirão. E tinha um apito. Ao começar sua rota, permanecia ereto e rijo, empunhava o apito, um bem grande, e o soprava, perdigotos voando em todas as direções. Isso era para as crianças saberem que ele estava lá. Ele trazia doces para elas. E elas vinham correndo, e ele ia distribuindo os doces à medida que descia a rua. O bom e velho G.G.

Soube dos doces na primeira vez em que fiz a rota. O Stone não gostava de me dar uma rota tão fácil, mas às vezes ele não tinha como evitar. Então eu estava andando e um garoto apareceu e me perguntou:

– Ei, cadê meu doce?

E eu disse:

– Que doce, garoto?

E o garoto respondeu:

– *Meu* doce! Quero *meu* doce!

– Escute, garoto – eu disse –, você deve estar louco. Sua mãe deixa você ficar andando por aí à toa?

O garoto me olhou de um jeito estranho.

Mas um dia G.G. se encrencou. Bom e velho G.G. Ele conheceu uma nova garotinha na vizinhança. E deu a ela alguns doces. E disse:

– Nossa, você é uma menininha muito *bonita*! Gostaria que fosse minha filhinha!

A mãe tinha ouvido a conversa da janela e saiu correndo e gritando porta afora, acusando G.G. de molestar crianças. Ela não sabia nada sobre G.G., de modo que, quando o viu dar doces à menina e depois lhe dizer aquelas coisas, aquilo foi demais para ela.

Bom e velho G.G. Acusado de molestar crianças.

Ao entrar, ouvi O Stone ao telefone, tentando explicar à mãe da menina que G.G. era um homem honrado. G.G. estava parado em frente à sua caixa, transfigurado.

Assim que O Stone desligou, eu lhe disse:

– Você não devia dar bola para essa mulher. A mente dela é suja. Metade das mães na América, com suas grandes e preciosas bocetas e suas preciosas filhinhas, metade das mães na América tem a mente suja. Diga a ela para enfiar no rabo a denúncia. G.G. não consegue nem ficar de pau duro, você sabe disso.

O Stone balançou a cabeça.

– Não, o público é dinamite. Eles são dinamite!

Foi tudo o que conseguiu dizer. Eu já tinha visto O Stone antes – fazendo poses e mendigando e explicando tudo nos mínimos detalhes a cada débil mental que telefonava...

Eu distribuía a correspondência próximo a G.G. na rota 501, que não era das piores. Eu tinha que lutar para conseguir entregar as cartas a tempo, mas pelo menos era *possível*, e isso me dava alguma esperança.

Embora G.G. conhecesse de cor seu programa, suas mãos estavam mais vagarosas. Simplesmente, tinha entregado cartas demais em sua vida – até mesmo seu corpo insensibilizado se revoltava afinal. Várias vezes durante a manhã o vi fraquejar. Ele parava e balançava, entrava numa espécie de transe, então voltava à realidade e enfiava mais algumas cartas. Em particular, eu não era apegado ao cara. Sua vida não tinha sido uma vida de bravura e ele tinha se transformado mais ou menos num monte de merda. Mas cada vez que ele hesitava, alguma coisa se contraía dentro de mim. Era como um cavalo fiel que já não pode mais seguir em frente. Ou um velho carro, que numa bela manhã já não pegará mais.

O lote de cartas estava pesado e, enquanto observava G.G., senti calafrios da morte. Pela primeira vez em quarenta anos ele poderia perder o turno da manhã! Para um homem tão orgulhoso de seu trabalho como G.G., aquilo poderia ser uma tragédia. Eu já perdera vários turnos matinais e tinha de levar os sacos até as caixas no meu próprio carro, mas a minha postura era ligeiramente diferente.

Ele fraquejou de novo.

Deus Todo-Poderoso, pensei, será que ninguém além de mim percebe isso?

Olhei em volta, ninguém dava a mínima. Todos professavam, uma vez ou outra, gostar dele. "G.G. é um cara bacana." Só que o "velho bacana" estava afundando e ninguém estava nem aí. Por fim, eu tinha menos cartas à minha frente do que G.G.

Quem sabe pudesse ajudá-lo com as revistas, pensei. Mas um funcionário veio e despejou mais cartas à minha frente, e eu estava novamente parelho com G.G. Estávamos os dois novamente atulhados. Hesitei por um momento, apertei os dentes, estiquei as pernas, curvei-me como um cara que tivesse levado um soco violento, e despejei toda aquela massa de cartas lá dentro.

Dois minutos antes do fim do expediente, G.G. e eu tínhamos nossa correspondência toda arrumada, nossos maços classificados de acordo com a rota e ensacados, a correspondência aérea pronta. Ambos íamos conseguir. Eu tinha me preocupado por nada. Então O Stone apareceu. Trazia dois fardos de circulares. Deu um ao G.G., outro para mim.

– Deem um jeito de incluí-las na expedição – ele disse, e se afastou.

O Stone sabia que era impossível arrumar as circulares e ensacá-las a tempo de que fossem entregues. Cortei, extenuado, os barbantes que amarravam as circulares e comecei a ensacá-las. G.G. ficou sentado ali, olhando para o seu fardo de circulares.

Então deixou pender a cabeça, enfiou-a entre os braços e começou a chorar baixinho.

Eu não conseguia acreditar.

Olhei em volta.

Os outros carteiros não estavam olhando para G.G. Ocupavam-se com suas próprias cartas, retirando algumas, preparando os maços, conversando uns com os outros, rindo.

– Ei – chamei duas vezes –, ei!

Mas eles não olhavam para G.G.

Andei até ele. Toquei no seu braço:

– G.G. – eu disse –, que posso fazer por você?

Ele pulou em seu lugar, pondo-se de pé, subiu as escadas até o vestiário masculino. Fiquei olhando-o se afastar. Ninguém pareceu reparar naquilo. Ensaquei mais umas cartas, depois subi as escadas eu mesmo.

Lá estava ele, a cabeça enterrada entre os braços numa das mesas. Só que agora não chorava mais baixinho. Soluçava e tremia. Todo o seu corpo era percorrido por espasmos. Ele não conseguia controlá-los.

Desci as escadas correndo, passei por todos os carteiros e alcancei a mesa do Stone

– Ei, ei, Stone! Jesus Cristo, Stone!

– O que há? – ele perguntou.

– G.G. pifou! E ninguém se importa! Ele está lá em cima chorando! Precisa de ajuda!

– Quem está cuidando da rota dele?

– Quem se importa com essa merda! Estou lhe dizendo, ele está *mal*! Precisa de ajuda!

– Preciso encontrar alguém para cobrir a rota dele!

O Stone levantou de sua mesa, deu uma olhada nos carteiros, como se pudesse encontrar alguém sem fazer nada. Depois se meteu de novo em sua mesa.

– Olhe, Stone, alguém tem que levar esse homem pra casa. Diga-me onde ele mora e eu mesmo o levo para casa, neste instante! Depois eu me encarrego dessa rota maldita.

O Stone me olhou:

– Quem está cuidando da sua caixa?

– Que se foda a caixa!

– VÁ CUIDAR DA SUA CAIXA!

Começou em seguida a falar com outro supervisor no telefone:

– Alô, Eddie! Escute, preciso de um homem por aqui...

Naquele dia, não haveria doces para as crianças. Voltei ao meu lugar. Todos os carteiros tinham saído. Comecei a selar as circulares. Sobre a caixa de G.G. estava o fardo de circulares. Eu tinha ficado mais uma vez para trás no cronograma. Nenhuma entrega. Quando voltei atrasado naquela tarde, O Stone me pôs no relatório.

Nunca mais voltei a ver o G. G. Ninguém soube o que aconteceu com ele. Ninguém voltou a mencionar seu nome. O "cara bacana". O homem dedicado. Degolado sobre um fardo de circulares de um supermercado local – com a oferta do dia: uma caixa de sabão em pó de nome pomposo grátis, com o cupom, em qualquer compra acima de três dólares.

17

Depois de três anos, passei a ser um dos regulares. Isto significava feriados pagos (os substitutos não recebiam os feriados) e semana de quarenta horas, com dois dias de folga. O Stone também foi obrigado a me indicar como homem de revezamento para cinco rotas diferentes. Essa era minha obrigação – cobrir cinco rotas diferentes. Com o tempo eu aprenderia bem os itinerários, além dos atalhos e das armadilhas de cada rota. A cada dia seria mais fácil. Eu podia começar a cultivar aquele ar de alguém que se sente confortável em sua posição.

De algum modo, eu não estava muito feliz. Eu não era o tipo de homem que deliberadamente procurava o sofrimento, o trabalho ainda era duro o suficiente, mas de certa maneira o encanto dos meus dias de substituto já não estava mais lá – o não-saber-que-diabos iria me acontecer a seguir.

Alguns dos regulares se aproximaram e apertaram minha mão.

– Parabéns – eles diziam.

– Beleza – eu respondia.

Parabéns pelo quê? Eu não tinha feito nada. Agora eu fazia parte do clube. Eu era um dos garotos. Poderia ficar lá por anos, pleitear finalmente minha própria rota. Poderia ganhar presentes de Natal do meu pessoal.

E quando eu telefonasse alegando uma doença, diriam a algum substituto fodido: "Onde está o carteiro *regular*? Você está atrasado. O carteiro de sempre nunca se atrasa".

Assim, lá eu estava. Então chegou um boletim advertindo que nenhum quepe ou equipamento deveria ser deixado sobre as caixas dos carteiros. A maioria dos rapazes colocava os quepes lá. Aquilo não fazia mal a ninguém e economizava uma viagem até o vestiário. Agora, depois de três anos colocando meu quepe todo dia ali em cima, eu recebia uma ordem para não fazê-lo.

Bem, eu continuava chegando de ressaca e não podia me lembrar de tolices como essa do quepe. De modo que ali estava o meu quepe no dia posterior à ordem.

O Stone veio correndo com sua notificação. Dizia que era contra as regras e os regulamentos deixar qualquer equipamento sobre a caixa. Enfiei a notificação no bolso e continuei a organizar as cartas. O Stone se sentou em sua cadeira e ficou de olho em mim. Todos os outros carteiros tinham posto os quepes em seus armários. Exceto eu e um outro – um cara chamado Marty. E O Stone foi até o Marty e disse:

– Bem, Marty, leia a ordem. Seu quepe não pode ficar em cima da caixa.

– Sinto muito, senhor. É o hábito, o senhor sabe. Sinto muito.

Marty apanhou o quepe e o levou correndo escada acima até o armário.

Na manhã seguinte, voltei a me esquecer do quepe. O Stone veio com a notificação.

O papel dizia que era contra as regras e os regulamentos deixar qualquer equipamento sobre a caixa.

Enfiei o relatório no bolso e continuei a organizar as cartas.

Na manhã seguinte, assim que entrei, pude ver que O Stone me vigiava. Ele fazia aquilo de um modo bastante deliberado. Esperava para ver o que eu faria com o meu quepe. Deixei-o esperar um pouco. Depois tirei o quepe da cabeça e o coloquei sobre a caixa.

O Stone correu com a notificação.

Não a li. Joguei-a na lata de lixo, deixei meu quepe lá mesmo e continuei a organizar as cartas.

Podia ouvir O Stone na máquina de escrever. Havia raiva no som das teclas.

Eu me perguntava como ele tinha conseguido aprender a datilografar.

Ele retornou. Entregou-me uma segunda notificação.

Olhei para ele.

– Não preciso ler isso. Já sei o que diz. Diz que não li a primeira notificação.

Joguei a segunda notificação na lata do lixo.

O Stone correu de volta para sua máquina.

Entregou-me uma terceira notificação.

– Veja bem – eu respondi –, já sei o que todas essas coisas dizem. A primeira notificação era porque deixei o quepe em cima da caixa. A segunda era porque não li a primeira. A terceira é por não ter lido nem a primeira nem a segunda.

Olhei para ele, e depois joguei a notificação no lixo sem lê-la.

– Agora, posso jogá-las fora à mesma velocidade que você as datilografa. Isso pode levar horas, e logo um de nós vai começar a parecer ridículo. Está nas suas mãos.

O Stone voltou à sua cadeira e se sentou. Não datilografou mais nada. Ficou apenas ali sentado, os olhos fixos em mim.

Não fui trabalhar no dia seguinte. Dormi até o meio-dia. Não telefonei. Então fui até o prédio da Central. Informei-lhes da minha missão. Colocaram-me em frente à mesa de uma velha magra. Seu cabelo era grisalho e ela tinha um pescoço muito magro e que entortava no meio de súbito. Isso empurrava a cabeça para a frente, e ela olhava para mim por sobre os óculos.

– Sim?

– Quero pedir demissão.

– *Demissão*?

– Sim, demissão.

– E o senhor é carteiro regular?

– Sou.

– Tsc, tsc, tsc, tsc, tsc, tsc, tsc – começou a fazer, com seus lábios secos.

Deu-me os formulários apropriados e eu me sentei ali para preenchê-los.

– Há quanto tempo está nos Correios?

– Três anos e meio.

– Tsc, tsc, tsc, tsc, tsc, tsc, tsc, tsc – continuou –, tsc, tsc, tsc, tsc.

E isso foi tudo. Segui para casa para encontrar Betty e abrimos uma garrafa.

Mal sabia que em poucos anos estaria de volta como funcionário e que trabalharia todo curvado sobre um banquinho por quase doze anos.

DOIS

I

Enquanto isso, a vida seguia em frente. Tive uma longa sequência de sorte nas corridas de cavalo. Comecei a me sentir confiante quando estava lá. Todo dia dava para esperar um certo lucro, algo entre quinze e quarenta pratas. Eu não queria ganhar uma bolada. Se não acertasse nos primeiros páreos, apostava só um pouco mais, o suficiente para que, se o cavalo ganhasse, a margem de lucro estivesse garantida. Eu voltava todos os dias, dia após dia, vencedor, erguendo meu polegar em aprovação enquanto dirigia pela rua.

Então Betty arrumou um emprego como datilógrafa, e quando uma dessas parceiras de sexo arranja um emprego, você logo nota a diferença. Continuávamos bebendo toda a noite e ela saía antes de mim de manhã, com uma ressaca das brabas. Agora ela ia sentir na pele o horror. Eu me levantava por volta das dez e meia da manhã, tomava um copo de café sem pressa, comia dois ovos, brincava com o cachorro, flertava com a jovem esposa de um mecânico que morava nos fundos, fiz amizade com uma stripper que morava na frente. Estaria no hipódromo por volta da uma da tarde, retornaria com meu lucro, depois sairia com o cachorro até o ponto de ônibus para esperar Betty voltar para casa. Era uma boa vida.

Então, uma noite, Betty, minha adorada, me aplicou esta, ao fim do primeiro copo:

– Hank, não aguento mais!

– Não aguenta o quê, baby?

– A situação.

– Que situação, chuchu?

– Eu trabalhar e você ficar aí, largado. Todos os vizinhos pensam que eu te sustento.

– Caralho! Eu trabalhava e você ficava aí, *largada.*

– É diferente. Você é homem, eu sou mulher.

– Ah, não sabia disso. Pensei que vocês mulheres estivessem berrando por direitos iguais.

– Sei o que está rolando entre você e a poço de banha ali dos fundos, ela fica andando na sua frente com os peitos de fora...

– *Peitos* de fora?

– Sim, PEITOS DE FORA! Aquelas tetas brancas de vaca leiteira!

– Hmm... são mesmo grandes.

– Viu? Você está de olho nela!

– Escuta, mas que diabos está acontecendo?

– Tenho amigos por aqui. Eles veem o que está acontecendo!

– Não são amigos. São fofoqueiros dissimulados.

– E essa puta aí na frente, que finge que é dançarina?

– Ela é puta?

– Se o cara tem um pau, é o bastante para ela.

– Você enlouqueceu.

– Só não quero que toda essa gente pense que estou sustentando você. Toda a vizinhança...

– Fodam-se os vizinhos! Por que devemos nos importar com o que eles pensam? Nunca demos bola para isso antes. Além disso, sou *eu* quem paga o aluguel. Sou *eu* quem paga a comida! Ganho meu dinheiro nas corridas. O dinheiro que você ganha é seu. Nunca foi tão fácil para você.

– Não, Hank, acabou. Não aguento mais isso!

Levantei-me e me aproximei dela.

– Ora, vamos, baby, você só está um pouco estressada essa noite.

Tentei agarrá-la. Ela me empurrou.

– Está bem, puta que pariu! – eu disse.

Retornei para minha cadeira, terminei meu drinque, tomei outro.

– Acabou – ela disse –, não durmo nem mais uma noite com você.

– Está bem. Guarde bem essa sua boceta. Não é lá grande coisa.

– Quer ficar com a casa ou quer se mudar? – ela perguntou.

– Você fica com a casa.

– E o cachorro?

– Você fica com o cachorro – eu disse.

– Ele vai sentir sua falta.

– Fico feliz que pelo menos alguém vá sentir minha falta.

Levantei-me, fui para o carro e aluguei o primeiro lugar que encontrei com uma placa de aluga-se. Me mudei naquela noite.

Tinha acabado de perder três mulheres e um cachorro.

2

A próxima coisa de que me lembro era estar com uma garota do Texas em meu colo. Não vou entrar em detalhes sobre como a conheci. Seja o que for, lá estávamos nós. Ela com uns 23. Eu, 36.

Seu cabelo era longo e loiro e sua carne muito sólida e gostosa. Eu não sabia, naquela época, que ela também era cheia da grana. Ela não bebia, mas eu sim. No começo, ríamos muito. E íamos às corridas juntos. Ela era atraente, e toda vez que eu voltava para o meu lugar, havia algum filho da puta se jogando em cima dela. Havia dezenas deles. Simplesmente davam um jeito de chegar cada vez mais perto. Joyce apenas ficava sentada. Restavam-me duas opções no trato geral com eles. Eu podia levar Joyce embora dali ou dizer ao sujeito:

– Veja, parceiro, essa aqui tem dono! Agora, suma da minha vista!

Mas lutar contra lobos e cavalos ao mesmo tempo era demais para mim. Eu não parava de perder. Um profissional vai às pistas sozinho. Eu sabia disso. Mas pensei que, de alguma maneira, eu fosse uma exceção. Descobri que não havia nada de excepcional a meu respeito. Era capaz de perder meu dinheiro tão depressa quanto qualquer outro.

Então Joyce exigiu que nos casássemos.

Caralho!, pensei, de qualquer modo acabo na panela.

Fui com ela de carro até Vegas para uma cerimônia de casamento barata, depois voltei com ela logo em seguida.

Vendi o carro por dez dólares, e a próxima coisa de que me lembro é que estávamos num ônibus em direção ao Texas e que ao desembarcarmos eu tinha 75 centavos no meu bolso. Era uma cidade muito pequena, a população, acho, não chegava a dois mil habitantes. A cidade havia sido escolhida por especialistas, em um artigo nacional, como a última cidade dos Estados Unidos que algum inimigo atacaria com uma bomba atômica. Eu podia ver bem por quê.

Durante todo esse tempo, sem que soubesse, eu preparava meu caminho de volta aos Correios. Aquela mãezona.

Joyce tinha uma pequena casa na cidade e nós vagabundeávamos por ali, trepávamos e comíamos. Ela me alimentava bem, engordou-me e me enfraqueceu ao mesmo tempo. Nunca era o bastante para ela. Joyce, minha esposa, era uma ninfomaníaca.

Eu dava pequenas voltas pela cidade, sozinho, para ficar longe dela, marcas de dente espalhadas por todo meu peito, pescoço e ombros, e também em outro lugar que me preocupava bem mais e doía de verdade. Ela estava me comendo vivo.

Eu vagava pela cidade e todos me olhavam, sabendo sobre Joyce, sobre sua tara sexual, e também que seu pai e seu avô tinham mais dinheiro, terra, lagos, reservas de caça do que todos eles juntos. A uma só vez, tinham pena e ódio de mim.

Certa manhã, mandaram um anão para me tirar da cama e me levar de carro por todos os lados, apontando-me isso e aquilo, apontando, sr. Fulano de tal, o pai de Joyce, tem isso, e sr. Fulano de tal, o avô de Joyce, tem aquilo...

Andamos de carro a manhã inteira. Alguém estava tentando me assustar. Eu estava de saco cheio. Estava sentado no banco de trás, e o anão devia pensar que eu era um aproveitador, que eu dera um golpe para entrar naqueles milhões. Ele não sabia que tinha sido um acidente, e que eu era um ex-empregado dos Correios com 75 centavos no bolso.

O anão, pobre coitado, sofria de uma doença nervosa e dirigia muito rápido, e frequentemente se sacudia por inteiro, perdendo o controle do carro, que cruzava de um lado para o outro da estrada e uma vez o carro foi raspando uma cerca por uns cem metros antes que o anão retomasse o controle.

– EI! PISA LEVE AÍ, DEMOLIDOR! – gritei-lhe do banco de trás.

Era isso. Estavam tentando me tirar da jogada. Era óbvio. O anão era casado com uma garota muito bonita. Quando ela era adolescente, enfiou uma garrafa de coca na boceta, que acabou entalando, obrigando-a a ir até um médico para retirá-la, e, como ocorre em todas as cidades pequenas, o papo da coca-cola logo se espalhou, e a garota foi malvista por todos, restando apenas o anão como pretendente. Ele acabou ficando com o melhor rabo da cidade.

Acendi um charuto que Joyce tinha me dado e disse ao anão:

– Já vi o bastante, demolidor. Agora é hora de me levar de volta. E dirija devagar. Não quero sair do jogo logo agora.

Fiz o papel de aproveitador só para agradá-lo.

– Sim, senhor, sr. Chinaski! Sim, senhor!

Ele me admirava. Pensou que eu era um filho da puta dos bons.

Assim que entrei, Joyce me perguntou:

– Bem, você viu tudo?

– Vi o bastante – respondi. Aquilo queria dizer que estavam tentando se livrar de mim. Não sabia se Joyce estava envolvida ou não naquilo.

Então ela começou a tirar as minhas roupas e me empurrar em direção à cama.

– Espere um minuto, baby! Já demos duas e ainda não são nem duas da tarde!

Ela deu uma risadinha e continuou me empurrando.

3

O pai dela me odiava de verdade. Pensava que eu estava atrás de seu dinheiro. Eu não queria seu maldito dinheiro. E também não queria sua maldita e preciosa filha.

A única vez em que o vi foi quando entrou no quarto uma manhã por volta das dez. Joyce e eu estávamos na cama, descansando. Felizmente tínhamos acabado havia pouco.

Dei uma olhada nele por sobre a barra da colcha. E não consegui me conter.

Abri-lhe um sorriso e depois dei uma piscadinha.

Ele disparou casa afora, grunhindo e praguejando.

Se pudesse me fazer sumir da face da terra, ele o faria.

O vovô era mais tranquilo. Íamos até sua casa e eu bebia uísque com ele, escutando seus discos de caubói. Sua velha senhora era simplesmente indiferente. Nem gostava de mim, nem me odiava. Ela brigava muito com Joyce e eu fiquei do lado da velha uma ou duas vezes. Isso de certo modo a conquistou. Mas o avô ficava na dele. Acho que estava metido na conspiração.

De certa feita, fomos a um café e comemos, todos fingiam ser gentis e ficavam nos encarando. Estavam vovô e vovó, Joyce e eu.

Então entramos no carro e fomos embora.

– Já viu algum búfalo, Hank? – o avô me perguntou.

– Não, Wally, nunca vi.

Eu o chamava de "Wally". Velhos companheiros de uísque. De foder.

– Temos alguns por aqui.

– Pensei que estivessem à beira da extinção.

– Ah, não, temos dúzias deles.

– Não acredito nisso.

– Mostre para ele, Papai Wally – disse Joyce.

Cadela desgraçada. Chamava-o de "Papai Wally". Ele não era seu papaizão.

– Vamos ver.

Seguimos por um caminho até chegarmos a um descampado limitado por uma cerca. O terreno se inclinava e você não conseguia ver o outro extremo do campo.

Tinha quilômetros de extensão, tanto em largura quanto em comprimento. Não havia nada além de uma grama verde e baixa.

– Não vejo nenhum búfalo – eu disse.

– O vento está vindo da direita – disse Wally. – Suba até ali e ande um pouco. Você tem que andar um pouco para conseguir vê-los.

Não havia nada no campo. Eles achavam estar sendo muito engraçados, passando na conversa um cara esperto da cidade. Passei por sobre a cerca e segui em frente.

– Bem, onde estão os búfalos? – gritei para eles.

– Estão lá. Tem que seguir em frente.

Caralho, queriam me aplicar o velho golpe do "um pouquinho mais para a frente". Fazendeiros da porra. Esperariam até eu entrar lá para depois irem embora às gargalhadas. Bem, que fossem. Eu podia voltar caminhando. Isso me daria um descanso de Joyce.

Caminhei muito rápido pelo campo, esperando que dessem a partida no carro. Não escutei o esperado barulho do motor. Avancei, depois me virei, pus as mãos em volta da boca e gritei:

– BEM, ONDE ESTÃO OS BÚFALOS?

Minha resposta veio pelas costas. Podia ouvir o som de suas patas no chão. Havia três deles, grandes, como se via nos filmes, e avançavam correndo, vinham RÁPIDO! Um deles estava um pouco à frente dos outros. Não havia muita dúvida sobre quem pretendiam acertar.

– Ah, merda! – eu disse.

Dei meia-volta e comecei a correr. Parecia um longo caminho até a cerca, um caminho impossível. Eu não podia me dar ao luxo de olhar para trás. Isso poderia fazer toda a diferença. Eu voava, os olhos arregalados. Como eu corria! Mas eles eram bem mais velozes. Podia sentir o chão tremer ao meu redor à medida que pisoteavam a terra bem atrás de mim. Podia ouvi-los babando, podia ouvi-los respirar. Com o que me restava de força, tomei impulso e saltei sobre a cerca. Nem cheguei a escalá-la. Voei por cima. E aterrissei de costas numa vala, com uma daquelas coisas empurrando a cabeça por sobre a cerca e me olhando de cima para baixo.

No carro, todos riam. Achavam a coisa mais engraçada que já tinham visto na vida. Joyce ria mais alto que todo mundo.

As bestas estúpidas deram uma volta por ali, depois bateram em retirada.

Saí da vala e entrei no carro.

– Vi o búfalo – eu disse –, agora vamos tomar um drinque.

Riram o caminho todo. Quando por fim paravam, alguém voltava a rir e então todos o acompanhavam. Wally teve até de parar o carro uma vez. Não conseguia mais dirigir. Abriu a porta e rolou pelo chão rindo. Até a vovó estava se divertindo às ganhas, junto com Joyce.

Mais tarde a história circulou pela cidade, e o meu andar perdeu um pouco de sua bossa. Eu precisava de um corte de cabelo. Disse isso a Joyce.

Ela disse:

– Vá ao barbeiro.

E eu disse:

– Não consigo. É o búfalo.

– Tem medo dos caras na barbearia?

– É o búfalo – eu disse.

Joyce cortou meu cabelo. Fez um trabalho porco.

4

Então Joyce quis voltar para a cidade. Com todas as vantagens e desvantagens, aquela cidadezinha, com ou sem cortes de cabelo, era melhor do que a cidade grande. Era tranquila. Tínhamos nossa própria casa. Joyce me alimentava bem. Muita carne. Carne saborosa, boa, bem preparada. Deixe-me dizer uma coisa sobre essa vadia: ela sabia cozinhar. Cozinhava melhor do que qualquer mulher que já conheci. A comida é boa para o espírito e para os nervos. A coragem vem da barriga – tudo mais é desespero.

Mas não, ela queria partir. A avó estava sempre em cima dela, e isso a deixava maluca. Quanto a mim, preferiria seguir bancando o vilão. Eu tinha feito o primo dela, o valentão da cidade, baixar a bola. Ninguém tinha feito isso antes. No dia da calça de brim, todo mundo na cidadezinha era obrigado a usar calça jeans, se não quisesse ser jogado no lago. Vesti meu único terno e gravata e, vagarosamente, como Billy the Kid, sentindo que todos os olhos estavam sobre mim, atravessei sem pressa a cidade, olhando para dentro das casas, parando para uns charutos. Parti aquela cidadezinha em duas como a um palito de fósforo.

Mais tarde, encontrei o médico da cidade na rua. Gostava dele. Estava sempre sob o efeito de drogas. Eu não era um sujeito ligado em drogas, mas no caso de precisar me esconder de mim mesmo por alguns dias, sabia ser possível conseguir com ele qualquer coisa que eu quisesse.

– Vamos ter que ir embora – eu lhe disse.

– Você devia ficar por aqui – ele disse –, é uma vida mansa. Há muita caça, muita pescaria. O ar é bom. E não há pressão. Você é o dono desta cidade.

– Sei disso, doutor, mas lá em casa é ela que fala grosso.

5

Então o vovô preencheu um cheque graúdo para Joyce, e lá fomos nós. Alugamos uma pequena casa numa colina, e logo Joyce começou a me aplicar uma baboseira moralista:

– Nós dois precisamos de um emprego, para provar a eles que não estamos atrás do dinheiro da família. Para provar a eles que somos autossuficientes.

– Baby, isso é coisa de pré-primário. Qualquer cretino pode dar um jeito de arrumar um emprego; um homem sábio, no entanto, consegue se virar sem trabalhar. Aqui chamamos isso de "trapacear". Gostaria de ser um bom "trapaceiro".

Ela não quis saber.

Então expliquei a ela que um homem não podia encontrar emprego se não tivesse um carro para andar por aí. Joyce foi ao telefone e o avô mandou o dinheiro. A próxima de que me lembro é de estar sentando num Plymouth novo. Ela me mandava para a rua vestindo um terno novo e vistoso, sapatos de quarenta dólares, e eu pensava, foda-se, vou tentar fazer isso render o quanto der. Despachante, eis o que eu era. Quando você não sabia fazer nada, é isso que você se torna: um despachante, um recepcionista, um garoto de estoque. Dei uma olhada em dois anúncios, fui a dois lugares e ambos os lugares estavam interessados em me contratar. O primeiro cheirava a trabalho, por isso fiquei com o segundo.

Assim lá estava eu, com minha máquina de fita adesiva, trabalhando numa loja de produtos para arte e pintura. Era uma barbada. Somente uma ou duas horas de trabalho por dia. Eu ouvia rádio, construí um pequeno escritório de madeira compensada, pus uma velha escrivaninha lá, o telefone, e ficava sentado lendo o Programa das Corridas. Por vezes me entediava e saía pela ruela até uma cafeteria e me sentava lá, bebendo café, comendo torta e flertando com as garçonetes.

Os motoristas dos caminhões entravam:

– Onde está o Chinaski?

– Lá na cafeteria.

Eles iam até lá, tomavam um café, e depois subíamos pela ruela e trabalhávamos um pouco, tirávamos algumas caixas de papelão do caminhão ou jogávamos algumas para dentro. Alguma coisa a ver com uma conta de frete.

Não me despediriam. Até os vendedores gostavam de mim. Eles roubavam o chefe por baixo dos panos, mas eu não dizia nada. Era o joguinho deles e eu não dava a mínima. Meu negócio não era coisa pequena. Eu queria o mundo ou nada.

6

Lá estava a morte naquele lugar na colina. Eu soube no primeiro dia em que saí pela porta de tela e fui até o quintal. Um zumbido agudo e perturbador veio direto até mim: dez mil moscas se ergueram no ar no mesmo instante. Todos os quintais tinham essas moscas – havia essa grama verde e alta e elas faziam seus ninhos ali, adoravam o lugar.

Ah, Jesus Cristo, pensei, e nem sequer uma aranha num raio de dez quilômetros!

Enquanto eu ficava ali, as dez mil moscas começaram a baixar novamente do céu, instalando-se na grama, ao longo da cerca, no chão, nos meus cabelos, sobre os meus braços, em toda parte. Uma das graúdas me picou.

Amaldiçoei-a, corri e comprei o maior inseticida que alguém já viu. Lutei contra elas durante horas, enfurecidos que estávamos, as moscas e eu, e, horas depois, tossindo e enjoado de respirar o inseticida, olhei em volta e havia tantas moscas quanto antes. Parecia que, para cada uma que eu matava, brotavam duas da grama. Desisti.

O quarto tinha uma espécie de divisória ao redor da cama. Havia vasos, e dentro dos vasos, gerânios. Quando fui para cama com Joyce pela primeira vez e estávamos em plena atividade, notei que as tábuas começaram a tremer e a balançar.

Então, plof!

– Ah, não! – eu disse.

– O que houve agora? – perguntou Joyce. – Não pare! Não pare!

– Baby, um vaso de gerânios acabou de cair sobre a minha bunda.

– Não pare! Vá em frente!

– Tudo bem, tudo bem!

Voltei a meter, estava indo bastante bem, quando...

– Ah, merda!

– O que houve? O que houve?

– Outro vaso de gerânios, baby, me atingiu bem na lombar, rolou pela minha bunda e caiu.

– Que se *fodam* os gerânios! Continue! Continue!

– Ah, tudo bem...

Durante toda a função, os vasos continuaram a cair sobre mim. Era como tentar trepar durante um ataque aéreo. Finalmente consegui.

Mais tarde eu disse:

– Olhe, baby, precisamos fazer alguma coisa em relação a esses gerânios.

– Não, as flores ficam aí mesmo.

– Por quê, baby, por quê?

– Dão uma incrementada no quarto.

– Incrementada?

– Sim.

Ela apenas deu uma risadinha. Mas os vasos seguiram ali em cima. Por boa parte do tempo.

7

Então comecei a chegar em casa infeliz.

– Qual é o problema, Hank?

Eu tinha de beber toda noite.

– É o gerente, o Freddy. Ele começou a assobiar uma música. Ele a assobia quando eu chego de manhã e não para nunca, e continua a assobiá-la até a hora de eu ir para casa à noite. Há duas semanas está nessa!

– Qual é o nome da música?

– *Around the World in Eighty Days.* Nunca gostei dessa música.

– Bem, arranje outro emprego.

– Farei isso.

– Mas continue trabalhando lá até arranjar outro. Precisamos provar para eles que...

– Tudo bem. Tudo bem!

8

Certa tarde, encontrei um velho bêbado na rua. Eu o conhecia dos tempos de Betty quando fazíamos as rondas dos bares. Ele me disse que agora era um atendente nos Correios e que não havia nada como aquele emprego.

Era uma das mentiras mais gordas do século. Tenho procurado esse cara há anos, mas temo que outra pessoa o tenha alcançado primeiro.

De modo que lá estava eu fazendo mais uma vez o exame para o serviço civil. A diferença é que desta vez, no formulário, marquei "atendente" e não "carteiro".

Ao receber a notificação de que deveria me apresentar para as cerimônias de admissão, Freddy havia parado de assobiar *Around the World in Eighty Days*, mas eu estava ansioso para pegar aquele empreguinho frouxo que o "Tio Sam" me oferecia.

Eu disse a Freddy:

– Tenho um pequeno negócio para resolver e pode ser que leve uma hora, uma hora e meia no almoço.

– Beleza, Hank.

Mal sabia eu como seria longo aquele almoço.

9

Formávamos um bando de gente por lá. Uns 150 ou 200. Havia uma porção de papéis tediosos a preencher. Depois disso, ficamos todos de pé de frente para a bandeira. O sujeito encarregado do juramento era o mesmo da vez anterior.

Após o juramento, o cara nos disse:

– Muito bem, agora vocês têm um bom emprego. Não se metam em confusão e terão segurança para o resto de suas vidas.

Segurança? Isso é algo que você pode conseguir na cadeia. Três metros quadrados, nada de aluguel a pagar, nenhum bem de consumo, imposto de renda, criança para sustentar. Nenhuma taxa de licenciamento de carro. Nenhuma multa. Nenhuma detenção por dirigir bêbado. Nenhuma perda nas corridas de cavalo. Assistência médica gratuita. Camaradagem com aquelas pessoas com os mesmos interesses. Igreja. Enterro grátis.

Aproximadamente doze anos mais tarde, desses 150 ou 200, restariam apenas dois de nós. Assim como alguns caras não podem ser motoristas de táxi, cafetões ou traficantes, a maioria dos caras, e das garotas também, não podia ser atendente dos Correios. E eu não os culpo. Com o passar dos anos, vi como entravam continuamente em esquadrões de 150 ou 200 e só dois, três ou quatro restavam de cada grupo – apenas o suficiente para substituir aqueles que se aposentavam.

10

O guia nos levou para conhecer o prédio todo. Havia tantos de nós que tiveram que nos separar em grupos. Pegávamos o elevador por turmas. Nos mostraram a cafeteria dos funcionários, o porão, todas aquelas cretinices.

Deus Todo-Poderoso, pensei, queria que esse cara se apressasse só um pouco. Meu horário de almoço já acabou há duas horas.

Então o guia entregou um cartão-ponto a cada um de nós. E nos mostrou onde ficava o relógio.

– Agora prestem atenção. É assim que vocês devem bater o ponto.

Ele nos mostrou como fazer. Depois disse:

– Vamos, é a vez de vocês.

Doze horas e meia mais tarde nós o bateríamos de novo. Foi uma senhora cerimônia de iniciação.

11

Após nove ou dez horas, as pessoas começavam a ficar sonolentas e caíam sobre suas caixas, voltando a si mesmas bem a tempo. Organizávamos a correspondência por zonas. Se uma carta fosse da zona 28, você a enfiava no buraco nº 28. Era simples.

Um sujeito negro e grande pulava e balançava os braços para se manter acordado. Cambaleava de lá para cá.

– Caralho! Não *aguento* mais! – ele dizia.

E ele era um brutamontes. Usar os mesmos músculos repetidas vezes era muito exaustivo. Meu corpo doía dos pés à cabeça. E ao fim da ala ficava um supervisor, outro Stone, e ele tinha aquele *olhar* – eles devem praticá-lo na frente do espelho, todos os supervisores tinham aquele *olhar* no rosto – olhavam para você como se você não passasse de um grande pedaço de merda humana. No entanto, eles tinham entrado pela mesma porta. Um dia tinham sido atendentes ou carteiros. Eu não conseguia entender aquilo. Eram uns filhos da puta escolhidos a dedo.

Você tinha que manter um dos pés o tempo inteiro no chão. O outro apoiado na barra de descanso. O que chamavam de "barra de descanso" era uma pequena almofada redonda armada sobre um suporte. Não era permitido conversar. Dois intervalos de dez minutos em oito horas. Anotavam a hora em que você saía e a hora em que retornava. Se demorasse doze ou treze minutos, era melhor preparar os ouvidos.

Mas o salário era melhor do que na loja de materiais de arte. E, pensei, talvez eu me acostumasse a isso.

Nunca me acostumei.

12

Então o supervisor nos transferiu para uma nova ala. Estávamos lá havia dez horas.

– Antes de começarem – disse o supervisor –, quero dizer uma coisa a vocês. Cada pacote desse tipo de correspondência tem que estar pronto em 23 minutos. Esse é o cronograma de produção. Agora, apenas por diversão, vamos ver se cada um de nós consegue acompanhar o cronograma! Agora, um, dois, três... JÁ!

Mas que porra é essa?, pensei. Estou cansado.

Cada pacote tinha sessenta centímetros. Mas cada um tinha diferentes quantidades de cartas. Alguns tinham duas ou três vezes mais cartas do que outros, dependendo do tamanho das cartas.

Braços começaram a voar. Medo do fracasso.

Não me apressei.

– Quando terminarem o primeiro pacote, apanhem outro!

Eles realmente se empenhavam. Aí se endireitavam e apanhavam outro pacote.

O supervisor veio caminhando por trás de mim:

– Vejam, *este* homem, sim, está produzindo. Já está na metade do segundo pacote!

Era o meu primeiro. Não sabia se ele estava tirando uma com minha cara ou não, mas, como eu estava bem à frente dos outros, diminuí meu ritmo um pouquinho mais.

13

Às três e meia da manhã minhas doze horas terminaram. Naquela época, não pagavam os substitutos por tempo, nem o adicional por cada hora extra. Você só recebia pelo turno. E você era contratado como "atendente substituto por tempo indefinido".

Coloquei o alarme para despertar de forma que estivesse na loja às oito da manhã.

– O que aconteceu, Hank? Pensamos que você pudesse ter sofrido um acidente de carro! Ficamos esperando você voltar.

– Estou me demitindo.

– Está se demitindo?

– É, não se pode culpar um homem por querer melhorar de vida.

Entrei no escritório e peguei meu cheque. Eu estava mais uma vez de volta aos Correios.

14

Enquanto isso, ainda havia Joyce, os seus gerânios e alguns milhões, se eu conseguisse aguentar. Joyce e as moscas e os gerânios. Eu trabalhava no turno da noite, doze horas, e ela me incomodava o dia inteiro, tentando me arrancar uma performance. Eu estava dormindo e súbito acordava com aquela mão me batendo uma punheta. Então era obrigado a fazer a coisa. A queridinha era uma doida varrida.

Então cheguei em casa uma manhã e ela disse:

– Hank, não fique brabo!

Eu estava cansado demais para ficar brabo.

– O que está pegando, baby?

– Arrumei um cachorro para nós. Um filhotinho.

– Tudo bem, não se preocupe. Não há nada de errado com cachorros. Onde ele está?

– Na cozinha. Resolvi chamar ele de "Picasso".

Entrei e dei uma olhada no cão. Ele não podia ver. Pelos cobriam os olhos. Fiquei olhando-o andar. Então o peguei e olhei para seus olhos. Pobre Picasso!

– Baby, você tem ideia do que fez?

– Não foi com a cara dele?

– Não é isso. É que ele é retardado. Deve ter um Q.I. por volta de doze. Você saiu e nos arranjou um cachorro débil mental.

– Como você sabe disso?

– Dá para dizer só de olhar para ele.

De repente Picasso começou a fazer xixi. Picasso fazia um monte de xixi. Corria em longos e grossos córregos amarelos pelo chão da cozinha. Então Picasso acabou, correu e ficou olhando para aquilo.

Eu o apanhei:

– Limpe tudo.

De modo que Picasso era apenas mais um problema.

Após uma noitada de doze horas com Joyce me burilando debaixo dos gerânios, eu acordava e dizia:

– Onde está o Picasso?

– O Picasso que se foda! – ela respondia.

Eu saía da cama, nu, e avançava com o pau duro:

– Veja, você deixou o bicho mais uma vez no pátio! Eu já *disse* para você não deixá-lo do lado de fora durante o dia!

Então eu saía para o pátio dos fundos, pelado, cansado demais para me vestir. O lugar era bem protegido. E lá estava o pobre do Picasso, coberto por quinhentas moscas, moscas revoando sobre todo o seu corpo. Eu corria com o pau de fora (agora já frouxo), e amaldiçoava aquelas moscas. Elas estavam dentro dos olhos dele, debaixo dos pelos, nas orelhas, nas partes íntimas, na boca... em toda parte. E ele simplesmente ficava ali sentado, rindo para mim. Ria para mim enquanto as moscas o comiam vivo. Talvez ele soubesse de alguma coisa que desconhecíamos. Peguei-o e o levei para dentro de casa.

O cachorrinho riu
Ao ver tanto esforço
E o prato escapuliu com a colher.

– Mas que diabos, Joyce! Já te disse isso mais de um milhão de vezes.

– Bem, foi *você* que disse que ele tem que sair, que tem que ir lá fora para cagar!

– Sim, mas quando ele acabar, traga-o de volta. Ele não tem capacidade para voltar por si mesmo. E se livre do cocô quando ele terminar. Você está criando um paraíso para as moscas lá fora.

Depois, tão logo eu caía no sono, Joyce começava a me excitar novamente. Aqueles milhões não chegavam nunca.

15

Eu estava cochilando numa cadeira, esperando a hora da comida. Me levantei para pegar um copo d'água e quando entrei na cozinha vi Picasso ir até Joyce e lhe lamber o tornozelo. Eu estava descalço, e ela não me ouviu. Ela estava de salto. Olhou para o bicho e sua cara de interiorana era de puro ódio. Deu-lhe um chute forte num dos lados com a ponta de seu sapato. O coitado apenas correu em pequenos círculos, ganindo, o mijo escorrendo de sua bexiga. Entrei para pegar meu copo d'água. Segurei o copo na mão e então, antes que pudesse enchê-lo, lancei-o contra o armário à esquerda da pia. Cacos de vidro voaram por toda parte. Joyce teve tempo para cobrir o rosto. Não me importei. Peguei o cachorro e saí. Sentei-me na cadeira e acariciei o desgraçadinho. Ele me olhou e estendeu a língua, lambeu meu pulso. O rabo abanava e batia como um peixe morrendo dentro de um saco.

Vi Joyce de joelhos com um saco de papel, recolhendo os estilhaços. Então começou a soluçar. Tentou disfarçar. Virou de costas para mim, mas eu podia ver os espasmos, mexendo seu corpo, fazendo-a sacudir.

Coloquei Picasso no chão e entrei a cozinha.

– Baby. Baby, não faça assim!

Peguei-a por trás. Ela estava mole.

– Baby, me desculpe... *desculpa.*

Segurei-a junto a mim, minha mão espalmada sobre sua barriga. Massageei-lhe a barriga com calma e gentileza, tentando deter as convulsões.

– Calma, baby, fique calma. Calma...

Ela se acalmou um pouco. Afastei seu cabelo e beijei-a atrás da orelha. Estava quente ali. Ela jogou a cabeça para trás. Depois, quando a beijei novamente no mesmo lugar, ela não se moveu. Pude sentir sua respiração, e depois ela deixou escapar um pequeno gemido. Levantei-a e carreguei-a para outra sala, sentei-me numa cadeira com ela no colo. Ela não me olhava. Beijei o pescoço e as orelhas. Uma mão em volta dos ombros dela e outra sobre o quadril. Movia a mão do quadril para cima e para baixo, acompanhando seu respirar, tentando fazer com que a energia negativa saísse.

Finalmente, com um sorriso dos mais apagados, ela olhou para mim. Me estiquei e mordi a ponta de seu queixo.

– Sua maluca dos infernos! – eu disse.

Ela riu e então nos beijamos, nossas cabeças avançando e recuando. Ela começou a soluçar de novo.

Puxei-a outra vez e disse:

– NÃO!

Voltamos a nos beijar. Eu a peguei e a levei até o quarto, coloquei-a na cama, tirei minhas calças e cuecas e meus sapatos *depressa*, tirei as suas calças por cima dos sapatos, tirei um dos sapatos, e assim, com um sapato calçado e o outro não, dei-lhe a melhor foda em meses. Todos os vasos de gerânio balançaram nas prateleiras. Quando terminei, acariciei suas costas devagar, brincando com o cabelo longo, dizendo-lhe coisas. Ela gemia. Finalmente se levantou e foi ao banheiro.

Ela não voltou. Foi para a cozinha e começou a lavar os pratos cantando.

Pelo amor de Deus, nem Steve McQueen teria feito melhor.

Eu tinha dois Picassos em minhas mãos.

16

Depois do meu jantar ou almoço, ou como quer que se chamasse a refeição – com meu horário insano de doze horas por noite já não estava mais seguro do que era o quê –, eu disse:

– Veja, baby, sinto muito, mas será que você não percebe que esse emprego está me deixando louco? Escuta, vamos desistir. Vamos apenas ficar deitados por aí e fazer amor, dar passeios e conversar um pouco. Vamos ao zoológico. Vamos ver os animais. Vamos pegar o carro e dar uma olhada no mar. São só 45 minutos. Vamos ao fliperama jogar nas máquinas. Vamos às corridas, ao museu, às lutas de boxe. Vamos fazer amigos. Vamos rir. Esse tipo de vida é para gente simplória demais: está nos matando!

– Não, Hank, temos que mostrar a eles, temos que mostrar a eles...

Era a garota de cidadezinha do Texas falando.

Desisti.

17

Todas as noites, quando me aprontava para sair, Joyce tinha estendido minha roupa sobre a cama. Eram as roupas mais caras que o dinheiro podia comprar. Eu nunca usava as mesmas calças, a mesma camisa, os mesmos sapatos duas noites seguidas. Havia dúzias de roupas diferentes. Eu vestia o que ela escolhesse para mim. Assim como mamãe costumava fazer.

Parecia que eu não havia progredido muito, eu pensava, e então vestia as peças.

18

Eles tinham uma coisa chamada Aula de Treinamento, o que nos dava, durante uns trinta minutos por noite, um alívio para a atividade de carimbar cartas.

Um italiano grandalhão subiu ao estrado da sala de aula para nos dizer algumas verdades.

– ...o fato é que não há nada como o cheiro de suor sadio e limpo, ao mesmo tempo que não há nada pior do que o cheiro de suor entranhado...

Meu bom Deus, pensei, será que estou ouvindo direito? Esse negócio certamente é sancionado pelo governo. Esse grande paspalho está me dizendo para lavar os sovacos. Não fariam isso com um engenheiro ou com um maestro. Ele está nos rebaixando.

– ...então tratem de tomar banho todos os dias. Vocês serão julgados tanto pela aparência quanto por sua produção.

Acho que ele queria usar a palavra "higiene" em alguma parte, mas ela simplesmente não combinava com ele.

Então ele foi até o fundo do tablado e puxou um grande mapa. E estou falando de algo descomunal. Ocupava metade do palco. Uma luz brilhou sobre o mapa. E o italiano grandalhão pegou um indicador com ponta de borracha, como se usava no primário, e apontou para o mapa:

– Pois bem, estão vendo todo este VERDE? Bem, há um montão dele. Olhem!

Pegou o indicador e o esfregou pra frente e pra trás sobre a área verde.

Havia então um sentimento antissoviético mais forte do que agora. A China não tinha nem começado a alongar os músculos. O Vietnã era uma festinha de fogos de artifício. Mas ainda assim pensei, devo estar louco!

Estaria ouvindo direito? Mas ninguém no auditório protestava. Precisavam do emprego. E, de acordo com Joyce, também eu precisava de um emprego.

Então ele disse:

– Olhem aqui! Aí está o *Alaska*! E lá estão *eles*! É quase como se pudessem atravessar com um salto, não é mesmo?

– Pode crer – disse um desmiolado na primeira fila.

O italiano soltou o mapa. Ele se enroscou rapidamente em volta de si mesmo, estalando com um rugido belicoso.

Logo o italiano avançou até a frente do tablado, apontou o indicador com ponta de borracha em nossa direção.

– Quero que vocês entendam que temos que segurar as pontas. Quero que entendam que CADA CARTA QUE CARIMBAREM, CADA SEGUNDO, CADA MINUTO, CADA HORA, CADA DIA, CADA SEMANA, CADA CARTA EXTRA QUE VOCÊS CARIMBAM AJUDA A DERROTAR OS RUSSOS! Bem, isso é tudo por hoje. Antes que saiam, cada um de vocês receberá sua designação com o esquema.

Designação com o esquema. O que era isso?

Alguém surgiu distribuindo essas folhas.

– Chinaski? – ele disse.

– Sim?

– Você fica com a zona 9.

– Muito obrigado – eu disse.

Não tinha noção do que eu estava dizendo. A zona 9 era a maior da cidade. Alguns caras ficavam com zonas bem pequenas. Era o mesmo que enfrentar aqueles pacotes de sessenta centímetros em 23 minutos – eles iam simplesmente despejando o negócio em cima de você.

19

Na noite seguinte, ao transferirem o grupo do prédio principal para o de treinamento, parei para conversar com Gus, o velho jornaleiro. Houve um tempo em que Gus chegou a ser o terceiro no ranking dos meio-médios, mas nunca conseguiu lutar pelo campeonato. Ele atacava pela esquerda e, como você sabe, ninguém gosta de lutar com um canhoto – é preciso fazer todo um novo treinamento. Para que se dar o trabalho? Gus me levou para dentro e bebemos uns goles de sua garrafa. Então tentei alcançar o grupo.

O italiano estava esperando junto à porta. Percebeu que me aproximava. Encontrou-me na metade do caminho.

– Chinaski?

– Diga lá!

– Você está atrasado.

Eu não disse nada. Caminhamos juntos em direção ao prédio.

– Estou a um passo de lhe dar uma bela advertência.

– Ah, *por favor*, não faça isso, senhor! *Por favor* – eu disse enquanto caminhávamos.

– Muito bem – ele disse –, vou deixar passar desta vez.

– Obrigado, senhor – eu disse, e nós entramos.

E quer saber de uma coisa? O filho da puta tinha nhaca.

20

Nossos trinta minutos eram agora devotados à aprendizagem do esquema. Davam a cada um de nós um pacote de cartas para decorar e classificar em nossas caixas. Para seguir o esquema era preciso classificar cem cartas em oito minutos ou menos, com pelo menos 95 por cento de acerto. Davam-lhe três chances de passar, e se você fracassasse na terceira vez, eles deixavam você ir. Quero dizer, você era despedido.

– Alguns de vocês não conseguirão – disse o italiano. – O que significa que talvez tenham nascido para serem outra coisa na vida. Talvez acabem como presidentes da General Motors.

Quando nos livrávamos do italiano, tínhamos o nosso pequeno e simpático instrutor de esquemas que nos encorajava.

– Vocês conseguirão, camaradas, não é tão duro quanto parece.

Cada grupo tinha o seu próprio instrutor de esquemas, e eles também eram avaliados de acordo com quantos passavam em seu grupo. Tínhamos o cara com a menor porcentagem. Ele estava preocupado.

– Não há nada com que se preocupar, camaradas, é só se concentrar.

Alguns dos companheiros tinham pacotes bem leves. Eu tinha o pacote mais gordo de todos.

Eu apenas ficava por ali com as minhas novas roupas extravagantes. Parado, as mãos dentro dos bolsos.

– Chinaski, qual é o problema? – perguntou o instrutor. – Sei que você pode dar conta.

– Sim. Claro. Estou pensando.

– Pensando no quê?

– Em nada.

Depois disso me afastei.

Uma semana depois, ainda estava plantado lá com as mãos no bolso, quando um substituto se aproximou de mim:

– Senhor, acho que estou pronto para testar meu esquema.

– Tem certeza? – perguntei-lhe.

– Tenho alcançado 97, 98, 99 e alguns 100 nos treinos de esquema.

– Você deve entender que gastamos uma fortuna treinando você. Queremos que você seja um ás!

– Senhor, acredito que estou realmente pronto!

– Tudo bem. – Estendi a mão e o cumprimentei. – Vá em frente, meu rapaz, e boa sorte!

– Obrigado, senhor.

Ele correu em direção à sala de esquemas, um aquário de vidro onde o punham para ver se você conseguia nadar nas águas deles. Pobre peixe. Que queda para quem já tinha sido o vilão do vilarejo. Entrei na sala de prática, retirei o elástico do meu pacote de cartas e olhei para elas pela primeira vez.

– Que merda! – eu disse.

Alguns caras riram. Então o instrutor de métodos disse:

– Seus trinta minutos acabaram. Você retornará para o pavilhão de serviço.

O que significava voltar para a jornada de doze horas.

Eles não conseguiam gente suficiente para dar conta das correspondências, de modo que os que permaneciam tinham de fazer tudo. No cronograma de trabalho, eles nos haviam escalado para duas semanas seguidas, depois das quais teríamos quatro dias de descanso. Isso nos estimulava. Quatro dias de descanso. Na última noite antes dos nossos quatro dias de folga, o alto-falante anunciou:

– ATENÇÃO! TODOS OS SUBSTITUTOS DO GRUPO 409! ...

Eu estava no 409.

–...SEUS QUATRO DIAS DE FOLGA FORAM CANCELADOS; VOCÊS ESTÃO ESCALADOS PARA SE APRESENTAR NESTES QUATRO DIAS!

21

Como se não bastasse tudo isso, Joyce arranjou um emprego na Prefeitura, no Departamento de Polícia do distrito. Eu vivia agora com uma tira! Mas ao menos era durante o dia, o que me dava um certo descanso daquelas mãos tão faceiras, exceto pelo fato de que... Joyce comprou dois periquitos, e os malditos bichos não falavam, só faziam uns sons medonhos o dia todo.

Joyce e eu nos encontrávamos no café da manhã e no jantar – tudo muito brusco –, era bom desse jeito. Embora ela ainda desse um jeito de me estuprar uma vez ou outra, era melhor do que antes. Exceto pelos... periquitos.

– Veja, baby...

– O que é agora?

– Tudo bem, já me acostumei com os gerânios e as moscas e Picasso, mas você tem de admitir que ando trabalhando doze horas por noite, que tenho que estudar o método por fora, e, além disso, você ainda liquida com o resto de minha energia...

– Liquido?!

– Tudo bem. Me expressei mal. Desculpa.

– O que você quer dizer com "liquidar"?

– Nada, já disse que me expressei mal! Agora, me escute, o problema são os periquitos.

– Ah, agora são os periquitos! Eles também estão liquidando você?

– Sim, estão.

– Quem está no comando?

– Veja bem, não comece a fazer piada. Não seja nojenta. Estou tentando falar sério com você.

– Agora quer me dizer como devo me comportar!

– Tudo bem! *Caralho*! É *você* quem tem a grana! Vai me deixar falar ou não? Diga-me. Sim ou não?

– Tudo bem, bebê chorão: sim.

– Bem, eis o que o bebê chorão tem a dizer: "Mamãe! Mamãe! Esses periquitos de merda estão me deixando pirado".

– Tá, diz para a mamãe como os periquitos estão deixando você pirado.

– Bem, é assim, mamãe: os bichos matraqueiam o dia inteiro, não param nunca, e eu fico esperando que digam alguma coisa, mas nunca dizem nada, e eu não consigo dormir durante o dia porque fico escutando esses idiotas!

– Tudo bem, bebezinho. Se eles não te deixam dormir, ponha os bichos lá fora.

– Lá fora, mamãe?

– Sim, ponha os bichos lá fora.

– Está bem, mamãe.

Ela me deu um beijo e desceu a escada rebolando a caminho de seu trabalho de tira.

Fui para a cama e tentei dormir. Como matraqueavam! Todos os músculos do meu corpo doíam. Deitasse sobre um lado, sobre o outro, de costas, qualquer posição doía. Achei que o melhor jeito era de bruços, mas logo ficou cansativo. Eu levava dois ou três longos minutos para mudar de uma posição para outra.

Ficava me debatendo e me virando, praguejando, gritando um pouco e também rindo um pouco, do ridículo de toda a situação. Matracas a mil. Conseguiram me liquidar. O que eles entendiam sobre sentir dor, metidos em sua pequena gaiola? Cabeças de vento tagarelando! Só penas; o cérebro do tamanho de uma cabeça de alfinete.

Dei um jeito de sair da cama, entrar na cozinha, encher um copo d'água e jogar neles.

– Filhos da puta! – amaldiçoei-os.

Eles me olharam de um modo nocivo sob suas penas molhadas. Eles ficaram em *silêncio*! Nada como o velho tratamento com água. Roubei esse ensinamento dos índios encolhedores de cabeça.

Então o de cor verde com peito amarelo inclinou-se e bicou o próprio peito. Depois olhou para cima e começou a matraquear com o vermelho de peito verde, e assim começaram tudo de novo.

Sentei-me na beirada da cama e fiquei a escutá-los. Picasso apareceu e mordiscou o meu tornozelo.

Não faltava mais nada. Levei a gaiola para fora. Picasso me seguiu. Dez mil moscas começaram a voar. Pus a gaiola no chão, abri a portinhola e me sentei nos degraus.

Os pássaros olharam para a portinhola. Não entendiam aquilo, mas ao mesmo tempo entendiam. Podia sentir suas mentes minúsculas tentando funcionar. Tinham comida e água bem ali, mas o que era aquele espaço aberto?

O verde de peito amarelo foi primeiro. Escorregou pela abertura do poleiro. Sentou-se agarrando o arame. Olhou para as moscas à volta. Ficou ali parado por uns quinze segundos, tentando decidir. Foi quando alguma coisa se iluminou em sua cabecinha. Bem em sua cabecinha. Ele não saiu voando. Disparou direto em direção ao céu. Alto, alto, alto, alto. Bem alto! Reto como uma flecha! Picasso e eu ficamos ali sentados, assistindo. O desgraçado tinha ido embora.

Depois foi a vez do outro, o vermelho de peito verde.

O vermelho estava muito mais hesitante. Andava nervoso ao pé da gaiola. Era uma decisão terrível. Homens, pássaros, todos têm de tomar esse tipo de decisão. Era um jogo duro.

Assim, o velho vermelho andava em círculos, pensando no assunto. A luz amarela do sol. Moscas zunindo. Um homem e um cachorro à espreita. Todo aquele céu aberto, todo aquele céu.

Era demais. O velho vermelho voou para o fio. Três segundos.

ZUUM!

O pássaro tinha sumido.

Picasso e eu apanhamos a gaiola vazia e entramos em casa.

Pela primeira vez em semanas, consegui dormir bem. Até esqueci de colocar o despertador. Eu estava andando num cavalo branco pela Broadway, Nova York. Eu tinha sido eleito prefeito havia pouco. Estava com o pau ferrado, e alguém atirou um monte de lama em mim... e então Joyce me sacudiu.

– O que aconteceu com os passarinhos?

– Que se fodam os passarinhos! Sou o prefeito de Nova York!

– Perguntei dos passarinhos! Só estou vendo uma gaiola vazia!

– Passarinhos? Passarinhos? Que passarinhos?

– Acorde, seu merda!

– Dia duro no escritório, querida? Você parece irritada.

– Onde ESTÃO os PASSARINHOS?

– Você disse que eu podia pôr os periquitos lá fora se eles não me deixassem dormir.

– Eu quis dizer para você colocar os bichos na varanda dos fundos ou do lado de fora, mas dentro da gaiola, seu burro!

– Burro?

– É, burro! Não me diga que deixou aqueles passarinhos com a gaiola aberta! Você os deixou escapulir de verdade?

– Bem, tudo o que sei dizer é que eles não estão trancados no banheiro, nem no armário.

– Eles vão morrer de fome lá fora!

– Eles podem apanhar minhocas, comer umas frutinhas, algo do gênero.

– Não podem, não podem. Eles não sabem fazer isso! Eles vão morrer!

– Deixe que eles aprendam ou morram – eu disse e depois me virei devagar para voltar a dormir. Vagamente, podia escutá-la preparar o jantar, derrubando tampas e colheres no chão, praguejando. Mas Picasso estava na cama comigo, Picasso estava a salvo dos seus sapatos pontiagudos. Estendi a mão, ele a lambeu, e depois dormi.

Quer dizer, dormi por algum tempo. A próxima coisa de que tive consciência era que estava sendo acariciado. Abri os olhos e ela estava me fitando com um olhar insano. Estava nua, os peitos balançando diante de meus olhos. Os cabelos me davam cócegas nas narinas. Pensei nos seus milhões, peguei-a, virei-a de costas e meti com tudo.

22

Ela não era uma policial de verdade, fazia um trabalho burocrático na polícia. E começou a voltar para casa e me contar sobre um cara que usava um alfinete de gravata roxo e era um "verdadeiro cavalheiro".

– Ah, ele é tão *gentil*!

Todas as noites tinha de ouvir notícias dele.

– Bom – eu perguntava –, como estava o nosso velho Alfinete Roxo esta noite?

– Ah – ela dizia –, sabe o que aconteceu?

– Não, baby, é por isso que estou perguntando.

– Ah, ele é TÃO cavalheiro!

– Está bem. Está bem. O que aconteceu?

– Sabe, ele tem passado por tanta coisa!

– Imagino.

– A esposa dele morreu, sabe...

– Não, eu não sabia.

– Não seja tão irônico. Estou lhe dizendo, a esposa dele morreu e isso lhe custou quinze mil dólares em medicamentos, hospital e serviço funerário.

– Muito bem. E daí?

– Eu estava vindo de um lado do saguão. Ele de outro. A gente se encontrou. Ele olhou para mim e, com um sotaque turco, ele me disse: "Ah, você é tão linda!". E sabe o que ele fez?

– Não, baby, me diga. Diga de uma vez.

– Me beijou na testa, bem de leve, sempre bem de leve. E então ele seguiu em frente.

– Posso dizer uma coisa sobre ele, baby. O cara viu filmes demais.

– Como você sabia disso?

– Do que você está falando?

– Ele é dono de um drive-in. Ele o opera todas as noites depois do trabalho.

– Isso explica tudo – eu disse.

– Mas ele é *tão* cavalheiro! – ela disse.

– Veja, baby. Não quero te ofender, mas...

– Mas o quê?

– Veja, você veio do interior. Eu já tive mais de cinquenta empregos, talvez mais de cem. Nunca fiquei em nenhum lugar por muito tempo. O que quero dizer é que há um certo tipo de jogo praticado em todos os escritórios da América. O pessoal se aborrece, não sabe o que fazer, daí começa a brincar de namoro de escritório. Na maior parte das vezes não significa nada além de um passatempo. Algumas vezes dão um jeito de combinar uma ou duas trepadas por fora. Mesmo assim, é só um passatempo qualquer, como jogar boliche, assistir tevê ou ir à festa de réveillon em Nova

York. Você tem que entender que não significa nada além disso e assim você não acabará se magoando. Entende o que eu quero dizer?

– Acho que as intenções do sr. Partisian são sinceras.

– Você vai acabar espetada por esse tal alfinete, baby, não diga que não te avisei. Cuidado com esses elogios. São tão falsos como uma moeda de chumbo.

– Ele não é um farsante. É um cavalheiro. Um verdadeiro cavalheiro. Gostaria que você fosse um cavalheiro também.

Desisti. Sentei no sofá e peguei meu esquema e tentei memorizar o Bulevar Babcock. O Babcock quebrava em: 14, 39, 51, 62. Que inferno! Será que eu não conseguiria decorar isso?

23

Enfim tive um dia de folga e sabe o que fiz? Levantei mais cedo, antes de Joyce voltar e fui até o mercado fazer umas compras, e talvez eu estivesse enlouquecendo. Andei pelo mercado e em vez de comprar um belo bife suculento ou mesmo um pouco de frango assado, sabe o que fiz? Larguei tudo de mão e andei até a seção de produtos orientais e comecei a encher minha cesta com polvos, caranguejos, caracóis, algas, e assim por diante. O atendente me deu uma olhada estranha e começou a empacotar tudo.

Quando Joyce voltou para casa naquela noite, estava tudo sobre a mesa, pronto para comer. Uma mistura de algas cozidas com um prato de caranguejos e uma pilha de pequenos caracóis dourados fritos na manteiga.

Levei-a para a cozinha e lhe mostrei a mesa posta.

– Fiz isso em sua homenagem – eu disse –, em respeito ao nosso amor.

– Mas que porcaria é essa? – ela perguntou.

– Caracóis.

– Caracóis?

– Sim, você não sabe que durante séculos os orientais prosperaram com isso e coisas do gênero? Vamos homenageá-los e a nós também. Estão fritos na manteiga.

Joyce se aproximou e sentou.

Eu comecei a lançar caracóis para dentro da minha boca.

– Caralho, esse negócio é bom, baby! PROVE UM!

Joyce se inclinou e cravou o garfo num deles enquanto olhava para os outros no prato.

Abocanhei um delicioso punhado de algas marinhas.

– Bom, hein, baby?

Ela mastigou o caracol em sua boca.

– Fritos em manteiga dourada!

Peguei alguns na mão e despejei na boca.

– Os séculos estão do nosso lado, baby. Não temos como errar!

Finalmente ela engoliu. Depois examinou o resto no prato.

– Todos têm esses *cuzinhos* apertados! É horrível! Horrível!

– O que há de horrível sobre um cuzinho, baby?

Ela cobriu a boca com um guardanapo. Ergueu-se e correu para o banheiro. Começou a vomitar. Berrei da cozinha:

– O QUE HÁ DE ERRADO COM OS CUS, BABY? VOCÊ TEM UM CU, EU TENHO UM CU! VOCÊ VAI AO MERCADO E COMPRA UM PEDAÇO DE FILÉ, QUE É PARTE DE ALGO QUE UM DIA TEVE UM CU! OS CUS COBREM A TERRA! DE CERTA FORMA ATÉ AS ÁRVORES TÊM CUS, MAS A GENTE NÃO OS VÊ, ELAS APENAS DEIXAM CAIR AS FOLHAS. SEU CU, MEU CU, O MUNDO ESTÁ CHEIO DE BILHÕES DE CUS. O PRESI-

DENTE TEM UM CU, O GAROTO QUE LAVA CARROS TEM UM CU, O JUIZ E O ASSASSINO TÊM CUS... ATÉ O ALFINETE ROXO TEM UM CU!

– Ah, pare com isso! PARE!

Ela vomitou de novo. Suburbana. Abri a garrafa de saquê e tomei um gole.

24

Foi cerca de uma semana depois, lá pelas sete da manhã. Eu tinha ganhado um outro dia de folga e, após uma dupla jornada de trabalho, estava sobre a bunda de Joyce, sobre seu cu, dormindo, quase dormindo, quando a campainha tocou e me levantei e fui atender.

Lá estava um homenzinho de gravata. Enfiou alguns papéis na minha mão e desapareceu.

Eram papéis de divórcio. Lá se iam meus milhões. Mas aquilo não me deixou zangado; afinal, nunca tive qualquer esperança de entrar nesses milhões.

Acordei Joyce.

– Que é?

– Você não podia me acordar numa hora mais decente?

Mostrei-lhe os papéis.

– Lamento, Hank.

– Está bem. Você só tinha que ter me falado. Eu concordaria igual. Acabamos de fazer amor duas vezes e rimos e nos divertimos. Não entendo isso. E você já sabia de tudo o tempo todo. Vá entender uma mulher!

– Olhe, eu preenchi os papéis quando tivemos uma briga. Pensei, se eu esperar até que me acalme nunca farei isso.

– Está bem, baby, admiro uma mulher honesta. É o Alfinete Roxo?

– É o Alfinete Roxo – ela disse.

Eu ri. Foi uma risada bem triste, devo admitir. Mas não pude controlar.

– É fácil fazer um vaticínio. Mas você vai ter problemas com ele. Desejo-lhe sorte, baby. Você sabe, há um bocado de coisas que amei em você que não tem a ver com dinheiro.

Ela começou a chorar sobre o travesseiro, deitada de bruços, tremendo toda. Era apenas uma garota interiorana, mimada e confusa. Ali estava ela tremendo, chorando, sem fingimento nenhum. Aquilo era terrível.

As cobertas haviam caído e eu fitava suas costas brancas, as omoplatas como querendo romper a pele e se transformar em asas. Pequenos ossos. Ela estava desamparada.

Fui para a cama, toquei suas costas, apalpei-a, apalpei-a, acalmei-a, e então ela voltou a chorar:

– Ah, Hank, eu te amo, amo muito, desculpe, eu sinto tanto, desculpe!

Ela estava realmente indo até o fundo.

Depois de um tempo, parecia ser eu quem estava me divorciando *dela*.

Em seguida trepamos com tudo, em homenagem aos velhos tempos.

Ela ficou com a casa, o cachorro, as moscas, os gerânios.

Ajudou-me inclusive a fazer as malas. Dobrou com cuidado minhas calças para acomodá-las direito. Acomodou minhas cuecas e meu barbeador. Quando eu estava pronto para partir, começou a chorar de novo. Mordi-a na orelha direita e desci as escadas com minhas coisas. Entrei no carro e comecei a cruzar as ruas para cima e para baixo, à procura de uma placa de aluguel.

Não me parecia ser nenhuma novidade fazer aquilo.

TRÊS

I

Não contestei o divórcio, não compareci ao tribunal. Joyce me deu o carro. Ela não sabia dirigir. Tudo somado, eu perdera uns três ou quatro milhões. Mas ainda tinha os Correios.

Encontrei Betty na rua.

– Vi você com aquela vadia um tempo atrás. Ela não é o seu tipo de mulher!

– Nenhuma é.

Disse a ela que tínhamos terminado. Fomos tomar uma cerveja. Betty envelhecera rápido. Engordara. As rugas apareceram. Pelancas pendiam de seu pescoço. Era triste. Mas eu também envelhecera.

Betty perdera o emprego. O cachorro tinha sido atropelado e morto. Ela havia arranjado um outro emprego como garçonete, e o perdido quando demoliram o café para erguer um prédio de escritórios. Agora morava num pequeno quarto de um hotel de última. Trocava as toalhas e limpava os banheiros por lá. Entupia-se de vinho. Sugeriu que talvez pudéssemos voltar a viver juntos. Sugeri que esperássemos um pouco. Eu tinha recém saído de uma relação difícil.

Ela voltou ao quarto e pôs o melhor vestido, saltos altos, tentou se maquiar. Mas havia uma tristeza horrível na tentativa dela.

Compramos uma garrafa de uísque e algumas cervejas e fomos para o meu apartamento no quarto andar de um velho prédio. Peguei o telefone e liguei dizendo que estava doente. Sentei-me ao lado de Betty. Ela cruzou as pernas, bateu os saltos, riu um pouco. Era como nos velhos tempos. Ou quase. Alguma coisa estava faltando.

Naquele tempo, quando você ligava dizendo estar doente, os Correios enviavam uma enfermeira para averiguar, para ter certeza de que você não estava na gandaia ou sentado numa mesa de pôquer. Minha casa era perto do escritório central, de modo que era conveniente para eles virem até aqui se certificar. Betty e eu já estávamos lá há duas horas quando bateram à porta.

– O que será?

– Tudo bem – sussurrei –, fique quieta! Tire esses saltos, vá para a cozinha e não faça barulho.

– SÓ UM MOMENTO! – respondi a quem batia.

Acendi um cigarro para mascarar o bafo, depois fui até a porta e abri apenas uma fresta. Era a enfermeira. A mesma de sempre. Ela já me conhecia.

– Qual é o problema agora? – perguntou.

Soltei uma pequena baforada.

– Estou mal do estômago.

– Tem certeza?

– É meu estômago.

– Assinará este formulário para atestar que estive aqui e que você se encontra em casa?

– Claro.

A enfermeira me entregou o formulário meio de lado. Assinei. Devolvi-lhe.

– Vai trabalhar amanhã?

– Não tenho como saber. Se estiver bem, eu vou. Se não, não vou.

Olhou-me com desprezo e foi embora. Eu sabia que ela sentira meu bafo de uísque. Teria provas? Talvez não, muita burocracia envolvida, ou talvez estivesse rindo ao entrar no carro com sua malinha preta.

– Tudo bem – eu disse –, calce os sapatos e venha.

– Quem era?

– Uma enfermeira dos Correios.

– Ela já foi?

– Já.

– Fazem isso sempre?

– Até agora não deixaram passar nenhuma. Agora vamos a um drinque caprichado para comemorar!

Fui até a cozinha e preparei dois dos bons. Voltei e entreguei a Betty o dela.

– *Salud*! – eu disse.

Erguemos bem nossos copos e fizemos um brinde. Então o *despertador* começou a tocar muito alto.

Dei um salto como se tivesse sido baleado nas costas. Betty lançou um dos pés para o ar, se endireitou. Corri para o relógio e desliguei o alarme.

– Meu Deus – ela disse –, quase me caguei!

Começamos a rir. Depois nos sentamos. Tomamos nosso belo drinque.

– Tive um namorado que trabalhava para a prefeitura – ela disse. – Eles também costumavam mandar um inspetor, um cara, mas não era todas as vezes, talvez uma em cada cinco. Uma noite eu estava bebendo com Harry, esse era o nome dele: Harry. Nessa noite, eu estava bebendo com Harry quando bateram à porta. Harry estava sentado no sofá completamente vestido. "Ah, meu Deus!", ele disse e saltou na cama de roupa e tudo e puxou o cobertor. Eu escondi os copos e as garrafas debaixo da cama e abri a porta. O cara entrou e sentou no sofá. Harry estava até de meias e sapatos, tudo escondido debaixo das cobertas. O cara disse: "Como se sente, Harry?", ao que Harry respondeu: "Não muito bem. Ela veio aqui para me cuidar". Apontou para mim. Eu estava ali, sentada e bêbada. "Bem, espero que você melhore, Harry", disse o cara, e depois foi embora. Tenho certeza de que ele viu as garrafas e os copos debaixo da cama, e sabia que os pés de Harry não podiam ser tão grandes *assim*. Foi um momento de sobressalto.

– Caralho, os caras não deixam um homem ser feliz, não é mesmo? Querem sempre enquadrá-lo no esquema.

– Sem dúvida.

Bebemos um pouco mais e depois fomos para a cama, mas não foi a mesma coisa, nunca é – havia um espaço entre nós, muitas coisas tinham acontecido. Fiquei olhando-a ir ao banheiro, vi as rugas e as pregas da pele que pendia abaixo de suas nádegas. Pobre criatura. Pobre, pobre criatura. Joyce tinha sido forte e rija – era de encher a mão, uma delícia. Betty não estava se sentindo bem. Era triste, triste, muito triste. Quando Betty voltou, não cantamos nem sorrimos, nem sequer uma discussão. Ficamos sentados no escuro, bebendo, fumando cigarros, e quando fomos dormir, não encostei meus pés em seu corpo, nem ela os seus em mim como costumávamos fazer. Dormimos sem nos tocar.

Ambos tínhamos sido roubados.

2

Telefonei para Joyce.

– Como estão as coisas com o Alfinete Roxo?

– Não consigo entender – ela disse.

– O que ele fez quando você disse que havia se divorciado?

– Estávamos sentados de frente no refeitório dos empregados quando contei a ele.

– O que aconteceu?

– Ele deixou cair o garfo. Ficou de boca aberta. Ele disse: “O quê?”.

– Ele sabia que isso era coisa séria.

– Não consigo entender. Desde então ele vem me evitando. Quando o vejo no saguão, ele foge. Não senta mais comigo na hora das refeições. Ele parece... bem, quase... distante.

– Baby, há outros homens. Esqueça esse cara. Está na hora de partir para outro.

– É difícil esquecer ele. Quero dizer, o jeito dele.

– Ele sabe que você tem grana?

– Não, eu nunca disse, ele não sabe de nada.

– Bem, se você quer mesmo ficar com ele...

– Não, não! Não quero que seja desse modo...

– Está bem, então. Adeus, Joyce.

– Adeus, Hank.

Pouco tempo depois, recebi uma carta dela. Tinha voltado para o Texas. A avó estava muito doente, não esperavam que vivesse muito tempo mais. O pessoal perguntara por mim. E assim por diante. Amor, Joyce.

Deixei a carta de lado e quase pude ver aquele anão se perguntando como eu tinha perdido essa boca. Aquela pequena e nervosa aberração, pensando que eu era um filho da puta esperto. Não era fácil decepcioná-lo dessa maneira.

3

Então fui chamado ao departamento pessoal no velho Prédio Central. Deixaram-me sentado lá os usuais 45 minutos, que chegavam à uma hora e meia.

Bem.

– Sr. Chinaski? – disse uma voz.

– Sim – respondi.

– Entre.

O homem me levou até uma escrivaninha no fundo. Lá estava uma mulher. Parecia levemente sexy, entrando nos 38 ou 39 anos, mas era como se sua ambição sexual tivesse sido simplesmente posta de lado em função de outras coisas ou ignorada.

– Sente-se, sr. Chinaski.

Sentei-me.

Baby, pensei, poderia lhe dar uma foda daquelas.

– Sr. Chinaski – ela disse –, não sabemos se o senhor preencheu o formulário corretamente.

– Hein?

– Quero dizer, o número de vezes em que esteve preso.

Ela me estendeu a folha. Não havia promessa de sexo em seus olhos.

Eu havia listado oito ou dez prisões por bebedeira. Era apenas uma estimativa. Eu não tinha ideia das datas.

– Então, estão *todas* aqui? – perguntou.

– Hmmm, hmmm, deixe-me pensar...

Eu sabia o que ela queria. Queria que eu dissesse "sim" e então ela me teria em suas mãos.

– Deixe-me ver... Hmmm. Hmmm.

– E então? – ela disse.

– Ah, não! Meu Deus!

– O que foi?

– Tem alguma coisa sobre estar bêbado em um carro ou dirigindo embriagado. Mais ou menos há quatro anos. Não me lembro da data exata.

– E isso foi um lapso de memória?

– Foi, de verdade, eu pretendia colocar.

– Tudo bem. Coloque agora.

Escrevi aquilo no papel.

– Sr. Chinaski, sua folha corrida é terrível. Quero que me explique essas acusações e se possível justifique o seu atual emprego aqui conosco.

– Tudo bem.

– Você tem dez dias para responder.

Eu não queria tanto assim aquele emprego. Mas ela me irritou.

Telefonei alegando estar doente naquela noite, depois de comprar papéis oficiais pautados e numerados, e uma pasta azul com aquela seriedade de material de escritório. Comprei uma garrafa de uísque e meia dúzia de cervejas, então me sentei e datilografei tudo. Tinha um dicionário a meu lado. De vez em quando virava uma página, encontrava uma palavra grande e incompreensível e construía uma frase ou um parágrafo aproveitando aquela ideia. O texto ficou com 42 páginas. Terminei com algo como: "Cópias desse relatório foram mantidas para distribuição à imprensa, à televisão e a outros meios de comunicação de massa".

Não aguentava mais aquela merda.

Ela se levantou de sua escrivaninha e veio buscar a pasta pessoalmente.

– Sr. Chinaski?

– Sim?

Eram nove horas da manhã. Um dia depois que ela me requisitara uma resposta às acusações.

– Só um instante.

Levou as 42 páginas para a escrivaninha. Ela leu e leu e leu. Havia alguém lendo por sobre seus ombros. Depois havia 2, 3, 4, 5. Todos lendo. 6, 7, 8, 9. Todos lendo.

"Que diabos!", pensei.

Depois escutei uma voz vinda da multidão: "Bem, todos os gênios são beberrões!", como se isso explicasse a questão. Outra vez, haviam visto filmes demais.

Ela se ergueu da cadeira com as 42 páginas na mão.

– Sr. Chinaski?

– Sim?

– Seu caso segue em aberto. Mandaremos notícia.

– Enquanto isso, continuo trabalhando?
– Enquanto isso, continue trabalhando.
– Bom dia – eu disse.

4

Uma noite, fui escalado para trabalhar ao lado de Butchner. Ele não carimbava nenhuma carta. Só ficava ali sentado. E falava.

Uma jovem se aproximou e se sentou no fim da ala. Ouvi Butchner:

– Ei, sua vadia! Quer meu caralho na sua boceta, não é? É isso que você quer, sua vadia, não é mesmo?

Segui carimbando a correspondência. O supervisor passou por nós. Butchner disse:

– Você está na minha lista, mãezona! Vou pegar você, mãezona de merda! Seu cretino fodido! Chupador!

Os supervisores nunca incomodavam Butchner. Ninguém jamais incomodava Butchner.

Então ouvi de novo.

– Muito bem, baby! Não gosto dessa sua cara. Você está na minha lista, mamãe! Está no topo da minha lista! Vou pegar esse seu rabo! Ei, estou falando com você! Está me ouvindo?

Era demais. Larguei minhas cartas.

– Tudo bem – eu disse. – Estou falando com você! Venha aqui com essas suas roupas fedidas! Quer que seja aqui ou prefere ir lá fora?

Olhei para o Butchner. Ele estava falando com o teto, o demente:

– Eu te disse, você está no topo da minha lista! Vou te pegar e vou te aprontar uma boa!

Pelo amor de Deus, pensei, aquele cara era de foder! Os funcionários estavam muito quietos. Não podia condená-los. Levantei, fui buscar um pouco de água. Depois voltei. Vinte minutos mais tarde, levantei para o meu descanso de dez minutos. Quando voltei, o supervisor me esperava. Um homem negro e gordo, mal entrado nos cinquenta. Gritou para mim:

– CHINASKI!

– Qual é o problema, homem? – perguntei.

– Deixou seu lugar duas vezes em trinta minutos!

– Sim, tomei um gole d'água na primeira vez. Trinta segundos. Depois fui para o intervalo.

– Vamos supor que você trabalhasse numa máquina! Não poderia largar sua máquina duas vezes em trinta minutos!

Sua cara inteira reluzia em fúria. Era surpreendente. Não conseguia entender.

– ESTOU PONDO VOCÊ NO RELATÓRIO!

– Tudo bem – eu disse.

Desci e me sentei ao lado de Butchner. O supervisor desceu com o relatório. Estava escrito à mão. Eu não conseguia nem lê-lo. Tinha escrito com tal fúria que saíra tudo coberto de borrões e rasuras.

Dobrei o relatório em forma de um pequeno quadrado, deslizei-o para o bolso de trás das calças.

– Vou matar esse filho da puta! – disse o Butchner.

– Tomara que você consiga, gorducho – eu disse –, espero mesmo que você consiga!

5

Eram doze horas por noite, mais os supervisores, mais os funcionários, mais o fato de que você mal podia respirar naquele matadouro, mais a comida intragável do refeitório "sem fins lucrativos".

Mais o PC1. Plano da Cidade 1. O esquema do posto não era nada em comparação com o PC1 que continha cerca de um terço das ruas da cidade e revelava o modo como eram divididas em números zonais. Eu morava numa das maiores cidades dos Estados Unidos. Era um bocado de ruas. Depois havia o PC2. E o PC3. Você tinha noventa dias para passar em cada teste, três chances em cada um, 95 por cento ou mais, cem cartas numa gaiola de vidro, oito minutos, e se você falhasse eles o deixariam tentar ser presidente da General Motors, como o homem tinha dito. Para os que conseguissem, os esquemas ficariam um pouco mais fáceis, da segunda ou da terceira vez. Mas com as doze horas por noite e os dias de folga cancelados, era demais para a maioria. Àquela altura, do nosso grupo original de 150 ou 200, haviam restado apenas dezessete ou dezoito.

– Como posso trabalhar doze horas por noite, dormir, comer, tomar banho, ir de lá para cá, pegar a roupa na lavanderia, cuidar do gás e do aluguel, trocar pneus, fazer todas as pequenas coisas que têm de ser feitas e ainda estudar o esquema? – perguntei a um dos instrutores na sala de treinos.

– Faça tudo isso sem dormir – ele me disse.

Olhei para cara dele. Ele não estava tirando onda comigo. O cretino falava sério.

6

Descobri que o único tempo livre para estudar era antes de dormir. Eu estava sempre cansado demais para preparar o café da manhã, e assim eu saía e comprava meia dúzia de cervejas, as colocava na cadeira ao lado da cama, abria uma lata, dava um bom gole e então abria a apostila do método. Quando chegava à terceira lata de cerveja, eu deixava cair a apostila. Mal conseguia chegar a tanto. Então eu bebia o resto da cerveja, sentado na cama, olhando fixo para as paredes. Com a última lata de cerveja eu caía no sono. E, quando acordava, havia tempo apenas para ir ao banheiro, tomar banho, comer e dirigir até lá.

E não havia como se ajustar, você simplesmente ficava cada vez mais e mais cansado. Eu sempre pegava a minha meia dúzia de cervejas no caminho, e numa certa manhã percebi que estava, de fato, acabado. Subi as escadas (não havia elevador) e pus a chave na fechadura. A porta se escancarou. Alguém havia mudado toda a mobília do lugar, colocado um novo tapete. Não, a mobília também era nova.

Havia uma mulher no sofá. Tinha um bom aspecto. Jovem. Boas pernas. Uma loira.

– Olá – eu disse –, que tal uma cerveja?

– Oi – ela respondeu. – Tudo bem, aceito uma.

– Gosto do jeito como este lugar está arrumado – eu disse a ela.

– Fui eu que o fiz.

– Mas *por quê*?

– Me deu vontade, ora.

Começamos a mamar as cervejas.

– Você é legal – eu disse. Pus a minha lata de cerveja de lado e lhe dei um beijo.

Pus a minha mão sobre um de seus joelhos. Era um joelho legal.

Em seguida, dei outro gole na cerveja.

– Sim – eu disse –, gostei muito do jeito como este lugar está arrumado. Vai levantar o meu humor.

– Que bom! Meu marido também gosta disso.

– Mas o que seu marido tem a ver... O quê? Marido? Ei, qual o número deste apartamento?

– 309.

– 309? Meu Deus! Estou no andar errado! Moro no 409. Minha chave abriu a sua porta.

– Sente, docinho – ela disse.

– Não, não...

Peguei as quatro cervejas que sobravam.

– Por que sair assim correndo? – ela perguntou.

– Alguns homens são loucos – eu disse, indo em direção à porta.

– O que você quer dizer?

– Quero dizer, alguns caras são apaixonados por suas esposas.

Ela riu.

– Não esqueça onde eu moro.

Fechei a porta e subi mais um lance de escadas. Então abri minha porta. Não havia ninguém lá dentro. Os móveis eram velhos e estragados, o tapete quase sem cor. Latas vazias de cerveja se espalhavam pelo chão. Eu estava no lugar certo.

Tirei minhas roupas, enfiei-me na cama e fiz estalar o lacre de outra cerveja.

7

Enquanto eu trabalhava no Posto Dorsey, ouvi alguns dos caras da velha guarda espicaçando o Papaizão Greystone sobre como ele tivera que comprar um gravador para aprender seus esquemas. Papaizão gravava as apostilas na fita e depois as escutava de novo. Papaizão era chamado de “Papaizão” por razões óbvias. Ele tinha mandado três mulheres para o hospital por causa do tamanho de sua coisa. Agora encontrara um rosca. Um veado chamado Carter. Ele acabou estraçalhando o cara. Carter teve de ir para um hospital em Boston. A piada era que Carter teve de ir até Boston porque não havia linha o suficiente na Costa Oeste para costurá-lo depois que o Papaizão acabou com ele. Verdade ou não, decidi tentar o gravador. Minhas preocupações eram coisa do passado. Podia deixar o aparelho ligado enquanto dormia. Eu tinha lido em algum lugar que era possível aprender por meio do subconsciente enquanto se estava dormindo. Aquele parecia ser o melhor jeito. Comprei um gravador e algumas fitas.

Eu gravava o esquema na fita, ia para a cama com minha cerveja e ficava ouvindo:

"AGORA, HIGGINS DOBRA EM 42 HUNTER, 67 MARKLEY, 71 HUDSON, 84 EVERGLADES! E AGORA, PRESTE ATENÇÃO, CHINASKI, PITTSFIELD DOBRA EM 21 ASHGROVE, 33 SIMONS, 46 NEEDLES!, OUÇA, CHINASKI, OUÇA, WEST-HEAVEN DOBRA EM 11 EVERGREEN, 24 MARKHAM, 55 WOODTREE!, CHINASKI, ATENÇÃO, CHINASKI! PARCHBLEAK DOBRA EM..."

Não funcionou. Minha voz me fazia dormir. Eu não conseguia passar da terceira cerveja.

Depois de algum tempo já não ligava o gravador nem estudava o esquema. Apenas bebia minhas seis latas de cerveja e ia dormir. Não conseguia entender aquele negócio. Até pensei em ir ver um psiquiatra. Ficava imaginando tudo:

"Pois não, meu rapaz?"

"Bem, o negócio é o seguinte."

"Prossiga. Quer deitar no divã?"

"Não, obrigado. Eu acabaria dormindo."

"Prossiga, por favor."

"Bem, eu preciso do meu emprego."

"Isso faz sentido."

"Mas preciso estudar e passar em mais três provas de esquema para permanecer no emprego."

"O que são esses esquemas?"

"É para quando as pessoas não colocam os números da zona. Alguém tem de classificar essas cartas. Então precisamos estudar essas apostilas depois de trabalharmos doze horas por noite."

"E?"

"Não consigo nem erguer as folhas. Se tento, elas caem da minha mão."

"Não consegue estudar os esquemas?"

"Não. E ainda tenho de jogar cem cartas numa caixa de vidro em oito minutos, tendo de acertar pelo menos 95 por cento, ou estou fora. E preciso do emprego."

"Por que não consegue estudar os esquemas?"

"É por isso que estou aqui. Para perguntar a *você*. Devo estar louco. Mas há todas essas ruas e elas dobram em tantos lugares diferentes. Olhe aqui."

E eu lhe mostraria o esquema de seis páginas, grampeadas no alto, impressas numa fonte pequena, frente e verso.

Ele viraria as páginas.

"E você tem, em tese, de decorar tudo isso?"

"Sim, doutor."

"Bem, meu rapaz", ele diria, devolvendo-me as apostilas, "você não está louco por não querer estudar isso. Estaria mais inclinado a dizer que você estaria louco se fizesse isso. São 25 dólares."

De modo que eu mesmo me analisei e preferi economizar a grana.

Mas alguma coisa tinha de ser feita.

E foi o que fiz. Era por volta de 9h10. Liguei para o escritório central, Departamento de Pessoal.

– Srta. Graves. Quero falar com a srta. Graves, por favor.

– Alô?

Aí estava ela. A vadia. Amaciei minhas palavras para falar com ela.

– Srta. Graves. Aqui é Chinaski. Preenchi um formulário conforme você requisitou declarando os problemas com minha folha corrida. Não sei se a senhorita se lembra de mim.

– Lembramos do senhor, sr. Chinaski.

– Chegaram já a alguma decisão?

– Não por ora. Vamos informá-lo.

– Tudo bem, então. Mas estou com um problema.

– Sim, sr. Chinaski?

– No momento, estou estudando o PC1. – Fiz uma pausa.

– Pois não? – ela perguntou.

– Acho-o muito difícil, é quase impossível estudar este esquema, conseguir todo o tempo extra necessário para decorá-lo quando já não há quase nenhum tempo sobrando. Quero dizer, posso ser demitido dos Correios a qualquer momento. Não é justo pedirem para que eu estude o esquema nessas condições.

– Tudo bem, sr. Chinaski. Vou ligar para a sala do esquema e instruí-los a dispensar o senhor do estudo até que cheguemos a uma decisão.

– Muito obrigado, srta. Graves.

– Tenha um bom dia – ela disse, e desligou.

Foi mesmo um bom dia. E depois de ter falado manso no telefone, quase decidi descer até o 309. Mas preferi não me arriscar. Fritei alguns ovos com bacon e comemorei com uma lata de cerveja extra.

8

Então havia somente seis ou sete de nós. O PC1 simplesmente foi demais para os outros.

– Como vai indo o seu esquema, Chinaski? – eles me perguntaram.

– Nada de mais – respondi.

– Ok, dobrando a Avenida Woodburn...

– Woodburn?

– Sim, Woodburn.

– Escute, não gosto de ser incomodado com esses assuntos quando estou trabalhando. Isso me aborrece. Um trabalho por vez.

9

No Natal, convidei Betty para ficar comigo. Ela assou um peru e nós bebemos. Betty sempre gostou de enormes árvores de Natal. A nossa devia ter uns três metros e meio de altura por um e meio de largura, coberta de luzes, lâmpadas, lantejoulas e penduricalhos. Bebemos várias garrafas de uísque, fizemos amor, comemos nosso peru, bebemos um pouco mais. O prego do suporte estava folgado, e o suporte não era grande o suficiente para sustentar a árvore. Eu tinha que apertá-lo seguidamente. Betty, esticada na cama, apagou. Eu bebia no chão, de cuecas. Depois me estiquei. Fechei os olhos. Alguma coisa me acordou. Abri os olhos. A tempo apenas de ver a enorme árvore coberta de luzes quentes se inclinar lentamente em minha direção, uma estrela pontuda caindo sobre mim feito um punhal. Não percebi direito o que era. Parecia o fim do mundo. Não pude me mover. Os braços da árvore tinham me envolvido. Eu estava debaixo dela. As lâmpadas estavam vermelhas de tão quentes.

– OH, OH JESUS CRISTO, TENDE PIEDADE! DEUS, ME AJUDE! DEUS! JESUS! JESUS! SOCORRO!

As lâmpadas estavam me queimando. Rolei para a esquerda, não consegui sair, então rolei para a direta.

– IAU!

Finalmente consegui escapar rolando. Betty estava de pé.

– O que houve? O que foi isso?

– NÃO ESTÁ VENDO? ESSA MALDITA ÁRVORE TENTOU ME MATAR!

– O quê?

– SIM, OLHE PARA MIM!

Eu tinha marcas vermelhas pelo corpo todo.

– Ah, *que peninha*!

Avancei e desliguei a tomada da parede. As luzes se apagaram. A coisa morreu.

– Ah, minha arvorezinha!

– Sua pobre arvorezinha?

– É, ela era *tão* linda!

– Vou ajeitá-la de novo pela manhã. Não confio nela agora. Vou dar uma folga para ela pelo resto da noite.

Ela não gostou daquilo. Senti uma discussão nascendo, então resolvi levantar a coisa e colocá-la atrás de uma cadeira e reacender as luzes. Se aquela coisa tivesse queimado seus peitos ou o seu rabo, ela a teria jogado pela janela. Achei que eu estava sendo bastante gentil ao fazer isso.

Vários dias depois do Natal, dei uma parada para ver Betty. Ela estava sentada em seu quarto, bêbada, às 8h45 da manhã. Sua aparência não era boa, mas a minha também não. Parecia que quase todos os pensionistas tinham pagado a ela uma dose. Havia vinho, vodca, bourbon, scotch. As marcas mais baratas. As garrafas enchiam o quarto.

– Esses filhos da puta! Não têm nada melhor para *fazer*? Se você beber essa coisa toda vai acabar morrendo!

Betty apenas me olhou. Entendi tudo o que havia naquele olhar.

Ela tinha dois filhos que nunca vinham visitá-la, nunca escreviam. Era uma mulher liquidada num hotel barato. Na primeira vez que a vi, suas roupas eram caras, os tornozelos torneados dentro de sapatos caros. Suas carnes eram rijas, e ela, quase bonita. Olhos selvagens. Sorridente. Vinha de um marido rico, de quem se divorciou, e ele acabou morrendo em um acidente de carro, bêbado, carbonizado em Connecticut. "Você nunca conseguirá domá-la", era o que me diziam.

Ali estava ela. Mas eu tinha tido alguma ajuda.

– Escute aqui – eu disse –, vou ter de levar essas coisas. Quero dizer, lhe devolvo uma garrafa de vez em quando. Não vou bebê-las.

– Deixe as garrafas – disse Betty. Ela não olhava para mim. O quarto dela ficava no último andar, e ela ficava sentada numa cadeira junto à janela, olhando o tráfego matinal.

Afastei-me.

– Olhe, estou acabado. Tenho que ir embora. Mas pelo amor de Deus, pegue leve nas bebidas.

– Claro – ela disse.

Inclinei-me e dei um beijo de despedida nela.

Cerca de uma semana e meia depois, voltei. Não houve resposta à minha batida na porta.

– Betty! Betty! Você está bem?

Girei a maçaneta. A porta estava aberta. A cama estava revirada. Havia uma enorme mancha de sangue no lençol.

– Que merda! – eu disse. Olhei em volta. Todas as garrafas tinham sumido.

Depois voltei a olhar mais uma vez ao redor. Havia uma mulher francesa de meia-idade que era a dona do lugar. Ela estava junto à porta.

– Ela está no Hospital Geral da Prefeitura. Estava muito doente. Chamei a ambulância ontem à noite.

– Ela bebeu tudo aquilo?

– Teve alguma ajuda.

Desci as escadas e entrei no carro. Logo estava lá. Conhecia bem o lugar. Disseram-me o número do quarto.

Havia três ou quatro camas em um quarto estreito. Havia uma mulher sentada numa cama, no meio do caminho, mastigando uma maçã e rindo com duas visitantes. Puxei a cortina ao redor da cama de Betty, sentei-me no banquinho e me inclinei sobre ela.

– Betty! Betty!

Toquei o braço dela.

– Betty!

Seus olhos se abriram. Estavam bonitos novamente. De um azul suave e cintilante.

– Sabia que seria você – ela disse.

Depois fechou os olhos. Os lábios estavam ressecados. Uma saliva amarelada tinha se solidificado no canto esquerdo da boca. Peguei um pano e limpei. Limpei-lhe o rosto, as mãos, o pescoço. Peguei outro pano e derramei um pouco de água em sua língua. Depois um pouco mais. Molhei-lhe os lábios, arrumei seu cabelo. Dava para escutar as mulheres rindo atrás das cortinas que nos separavam.

– Betty, Betty, Betty. Por favor, quero que beba um pouco d'água, só um golinho d'água, não muito, só um golinho!

Ela não respondeu. Tentei por dez minutos. Nada.

Mais saliva se acumulando nos cantos da boca. Limpei os resíduos.

Depois me ergui e puxei a cortina de volta. Encarei as três mulheres.

Saí e falei com a enfermeira no balcão.

– Escute, por que nada está sendo feito por aquela mulher no 45-c? Betty Williams.

– Estamos fazendo o que podemos, senhor.

– Mas não há ninguém lá!

– Fazemos nossos turnos regularmente.

– Mas onde estão os médicos? Não vejo nenhum médico.

– O médico já esteve com ela, senhor.

– Por que a deixam abandonada lá?

– Já fizemos o que estava a nosso alcance, senhor.

– SENHOR! SENHOR! SENHOR! ESQUEÇA ESSA PALHAÇADA DE SENHOR, ESTÁ BEM? Aposto que seria diferente se fosse o presidente ou o governador ou o prefeito ou algum rico filho da puta, então haveria médicos por toda a parte naquele quarto fazendo *alguma coisa*! Por que vocês simplesmente os deixam morrer? Que pecado há em ser pobre?

– Já lhe disse, senhor, que fizemos TUDO o que podíamos!

– Voltarei em duas horas.

– É o marido dela?

– Vivíamos juntos.

– Podemos ficar com seu nome e telefone?

Passei as informações e saí apressado.

10

O funeral seria às dez e meia da manhã, mas já estava muito quente. Eu estava usando um terno preto barato, comprado e ajustado às pressas. Era o meu primeiro terno novo em anos. Consegui localizar o filho. Passeamos um pouco em seu novo Mercedes-Benz. Tinha conseguido localizá-lo graças a um pedaço de papel com o endereço de seu sogro. Dois interurbanos e eu o encontrei. Quando chegou, sua mãe já tinha morrido. Morreu enquanto eu fazia as ligações no telefone. O garoto, Larry, nunca tinha se encaixado na sociedade. Ele tinha o hábito de roubar os carros dos amigos, mas entre os amigos e o juiz ele sempre dava um jeito de escapar. Então o exército o pegou, e, de algum modo, ele ingressou num programa de treinamento e quando saiu logo arrumou um emprego com um bom salário. Foi quando parou de ver a mãe, quando conseguiu o tal emprego bacana.

– Onde está sua irmã? – perguntei-lhe.

– Não sei.

– É um belo carro. Mal dá para ouvir o motor.

Larry sorriu. Ele gostou disso.

Havia apenas três pessoas seguindo o séquito: o filho, o amante e a irmã débil mental da proprietária do hotel. Seu nome era Márcia. Márcia nunca dizia nada. Só sentava por ali com aquele sorriso vazio nos lábios. Tinha a pele branca como esmalte. Tinha um punhado de cabelo amarelo e sem vida e um chapéu que não combinava. Márcia tinha sido enviada pela proprietária para representá-la, pois ela tinha de tocar o hotel.

Claro, atacava-me uma terrível ressaca. Paramos para um café.

Alguns problemas com o funeral já haviam acontecido. Larry tinha tido uma discussão com o padre católico. Havia alguma dúvida se Betty era de fato uma verdadeira católica. O padre não queria encomendar o corpo. Enfim ficou decidido que ele faria meio serviço. Bom, meio serviço era melhor do que nenhum.

Tivemos problemas até com as flores. Eu tinha comprado uma coroa de rosas, rosas misturadas, e elas tinham sido arrumadas em forma de coroa. A floricultura tinha passado uma tarde fazendo aquilo. A senhora que trabalhava na loja conhecera Betty. Elas tinham bebido juntas alguns anos antes, quando Betty e eu tínhamos a casa e o cachorro. Delsie era o seu nome. Eu sempre quis enfiar minhas mãos dentro das calças de Delsie, mas nunca tivera uma chance.

Delsie me telefonou.

– Hank, qual é o *problema* desses otários?

– Que otários?

– Esses caras da funerária.

– O que foi?

– Bem, eu mandei o garoto no carro entregar a coroa de flores e eles não queriam deixá-lo entrar. Disseram que estava fechado. Você sabe, é um longo trajeto até lá.

– Sem dúvida, Delsie.

– Então finalmente deixaram o garoto colocar as flores do lado de dentro, mas não o deixaram pôr na geladeira. De modo que o garoto teve que deixá-las do lado de dentro da porta. O que há de errado com esses caras?

– Não sei. O que há de errado com as pessoas em toda a parte?

– Não vou poder ir ao funeral. Você está bem, Hank?

– Por que não passa aqui para me consolar?

– Eu teria que levar o Paul.

Paul era o seu marido.

– Esqueça.

Então lá estávamos nós a caminho de um meio funeral!

Larry levantou a cabeça de seu café.

– Mais tarde eu lhe escrevo para combinarmos a lápide. Não tenho mais dinheiro agora.

– Tudo bem – eu disse.

Larry pagou os cafés, depois saímos e entramos no Mercedes-Benz.

– Espere um minuto – eu disse.

– O que foi? – perguntou Larry.

– Acho que nos esquecemos de alguma coisa.
Entrei de novo no café.
– Márcia.
Ainda estava sentada na mesa.
– Estamos indo, Márcia.
Levantou-se e me seguiu até a rua.

O padre leu o negócio. Não escutei. Lá estava o caixão. Aquilo que tinha sido Betty estava lá dentro. Fazia muito calor. O sol desabava em uma folha amarela. Uma mosca voava em círculos. Lá pelo meio funeral, dois caras com roupas de trabalho entraram carregando minha coroa. As rosas tinham morrido, tinham morrido e seguiam morrendo no calor, e eles apoiaram aquela coisa contra o tronco de uma árvore próxima. Quase ao final do serviço, minha coroa começou a desabar e caiu de frente no chão. Ninguém a juntou. E isso foi tudo. Caminhei até o padre e apertei sua mão:

– Obrigado.

Ele sorriu. Com esse, foram dois sorrisos: o do padre e o de Márcia.

No caminho de volta, Larry disse novamente:

– Eu te escrevo sobre a lápide.

Ainda estou à espera dessa carta.

11

Subi as escadas até o 409, bebi um forte scotch com água, tirei algum dinheiro da gaveta de cima, desci as escadas, entrei no carro e segui para o hipódromo. Cheguei lá a tempo do primeiro páreo, mas não apostei porque não tive tempo de ler os prognósticos.

Fui ao bar tomar um drinque e vi esta loira alta se aproximar numa velha capa de chuva. Vestia-se de modo *decadente*, mas como eu também me sentia assim, chamei seu nome alto apenas para que ela o escutasse ao passar:

– Vi, baby.

Ela parou e se aproximou.

– Oi, Hank. Como vai?

Conhecia-a do Correio Central. Ela trabalhava em outro posto, o que ficava perto da fonte, mas ela parecia ser mais simpática do que a maioria.

– Estou numa deprê das boas. Terceiro funeral em dois anos. Primeiro minha mãe, depois meu pai. Hoje, uma antiga namorada.

Ela pediu algo para beber. Eu abri o prognóstico.

– Vamos pegar essa segunda corrida?

Ela se aproximou e encostou um bocado de perna e peito em mim. Havia algo debaixo daquela capa de chuva. Sempre procuro um cavalo desconhecido do público que possa vencer o favorito. Se me parecesse que nenhum podia vencer o favorito, apostava nele.

Eu tinha vindo às pistas depois dos dois outros funerais e tinha vencido. Era alguma coisa a ver com os funerais. Fazem com que você veja as coisas melhor. Um funeral por dia e eu ficaria rico.

O cavalo 6 tinha perdido por uma cabeça para o favorito numa corrida de uma milha da última vez. O 6 tinha sido alcançado pelo favorito depois de uma liderança de dois corpos, na reta de chegada. O 6 estava pagando 35/1. O favorito cotado em 9/2 naquela corrida. Ambos voltavam dentro da mesma categoria. O jóquei do favorito tinha aumentado um quilo, de 58 para 59. O 6 ainda mantinha os 58, mas o tinham trocado para um jóquei menos conhecido. A distância também tinha se alterado, sendo agora 1.800 quilômetros. A multidão calculava que, uma vez que o favorito tinha alcançado o 6 nos primeiros 1.500 metros, então ele o pegaria facilmente numa corrida de 1.800. Parecia lógico. Mas corridas de cavalo não seguem a lógica. Os treinadores inscrevem cavalos em condições aparentemente desfavoráveis para manter o dinheiro do público longe do cavalo. A nova distância, mais a troca para um jóquei menos conhecido, tudo isso indicava uma corrida com chance de pagar bem. Olhei para o placar. O número da série da manhã era 5. O placar dizia 7 para 1.

– É o cavalo 6 – eu disse a Vi.

– Não, esse cavalo costuma desistir.

– É – eu disse, e então me afastei e fui apostar dez na vitória do 6.

O 6 começou a liderar logo na saída do portão, colando-se junto à cerca interna durante toda a primeira volta, então abriu com tranquilidade um corpo e 1/4 de diferença na reta do fundo. O resto do pelotão seguia em bloco. Imaginavam que o 6 iria liderar até fazer curva, então abrir ao final da reta, e então eles o ultrapassariam. Era o procedimento padrão. Mas o instrutor dera conselhos diferentes ao garoto. Ao final da curva, o garoto folgou as rédeas e o cavalo saltou à frente. Antes que os outros jóqueis pudessem se dar conta, o 6 tinha 4 corpos de vantagem. Ao fim da reta de chegada, o jóquei deu uma folga para o 6 respirar, olhou para trás, e voltou a tocar. Eu estava com boas expectativas. Então o favorito, 9/5, saiu do pelotão, e o filho da puta avançava. Devorava a distância, em disparada. Parecia que ia ultrapassar voando o meu cavalo. O favorito era o cavalo 2. Na metade da reta, o 2 estava meio corpo atrás do 6, então o jóquei do 6 usou o chicote. O jóquei do favorito já *tinha* usando o chicote durante todo esse tempo. O resto da reta seguiu do mesmo jeito, meio corpo a separá-los, e assim até a linha de chegada. Olhei para o placar. Meu cavalo tinha subido a 8 por 1.

Voltamos para o bar.

– O melhor cavalo não venceu o páreo – disse Vi.

– Não me importa quem é o melhor. Só me interessa saber o número de quem chega na frente. Pode pedir.

Pedimos.

– Tudo bem, espertinho. Vamos ver se ganha na próxima.

– Vou lhe dizer uma coisa, baby, sou imbatível quando saio de funerais.

Ela pôs aquela perna e aquele peito junto de mim. Tomei um gole de scotch e abri o prognóstico. Terceiro páreo.

Dei uma estudada no programa. Estavam a fim de chacinar a multidão naquele dia. O cavalo de arranque tinha acabado de ganhar, a multidão agora só acreditava nos velozes, esquecendo os cavalos que deixam para arrancar na reta de chegada. A multidão só consegue reter na memória a corrida anterior. Em parte é por causa dos 25 minutos de espera entre um páreo e outro. Tudo em que conseguem pensar é no que acabou de acontecer.

O terceiro páreo era de 1.200 metros. Agora o favorito era o cavalo de arrançada, o que saía na frente. Ele tinha perdido a última corrida por um nariz de diferença em 1.500 metros, segurando a liderança durante toda a reta e perdendo só no último instante. O cavalo 8 era o mais próximo. Tinha terminado em terceiro lugar, um corpo e meio atrás do favorito, fechando dois corpos na reta. A multidão calculava que se o 8 não tinha alcançado o favorito em 1.400 metros como então poderia pegá-lo numa pista menor? A multidão sempre voltava quebrada para casa. O cavalo que ganhara a corrida de 1.400 metros não estava na corrida de hoje.

– É o cavalo 8 – eu disse a Vi.

– A distância é muito curta. Ele nunca conseguirá – disse Vi.

O cavalo 8 era o sexto da série e cotava 9.

Peguei o dinheiro do páreo anterior e pus 10 no cavalo 8. Se você aposta muito pesado, seu cavalo perde. Ou então você muda de ideia e abandona seu cavalo. Dez era uma boa e ao mesmo tempo uma aposta confortável.

O favorito parecia bem. Foi o primeiro a sair na largada, grudou na cerca e abriu dois corpos. O 8 corria folgado, próximo do último, movendo-se gradualmente em direção à cerca. O favorito ainda parecia bem na cabeça da reta. O jóquei levava o cavalo 8, agora em quinto lugar, frouxo, até que começou a usar o relho de leve. Então o favorito começou a perder galope. Tinha feito o primeiro quarto em 22 e 4/5, mas ainda tinha dois corpos de vantagem. Então o cavalo 8 simplesmente disparou, flutuando, e ganhou por dois corpos e meio. Olhei para o placar. Ainda marcava 9 por 1.

Voltamos ao bar. Vi encostou seu corpo no meu.

Ganhei 3 dos últimos 5 páreos. Só havia 8 páreos naqueles dias em vez de 9. De qualquer forma, 8 páreos tinham sido o suficiente para aquele dia. Comprei dois charutos e fomos para o meu carro. Vi tinha vindo de ônibus. Parei para comprar uma garrafa de uísque e fomos para minha casa.

12

Vi olhou em volta.

– O que um cara como você faz num lugar como esse?

– Isso é o que todas as mulheres me perguntam.

– Isso aqui é uma toca de rato.

– Ajuda a manter minha modéstia.

– Vamos para a minha casa.

– Tudo bem.

Entramos no meu carro e ela me disse onde vivia. Paramos para comprar uns bifes generosos, legumes, coisas para salada, batatas, pão e mais bebida.

Na entrada do seu prédio havia um aviso:

É PROIBIDO FAZER BARULHO OU PERTURBAR A ORDEM. APARELHOS DE TELEVISÃO DEVEM SER DESLIGADOS ÀS 22 HORAS. AQUI MORAM TRABALHADORES.

Era um aviso enorme, em tinta vermelha.

– Gostei desse negócio sobre TVs – eu disse a ela.

Pegamos o elevador. Ela tinha mesmo uma casa bacana. Levei os pacotes para a cozinha, achei dois copos, preparei dois drinques.

– Vá arrumando as coisas. Já volto.

Desempacotei as coisas, coloquei sobre a pia. Me servi de outro drinque. Vi estava de volta. Toda arrumada. Brincos, salto alto, saia curta. Estava muito bonita. Sólida. Uma boa bunda, coxas e peitos. Uma parada dura!

– Olá – eu disse –, sou um amigo de Vi. Ela disse que voltava num instante. Aceita um drinque?

Ela riu, então agarrei aquele corpaço e dei um beijo nela. Seus lábios eram frios como diamante, mas tinham um gosto bom.

– Estou faminta – ela disse. – Agora sou eu na cozinha!

– Também estou. E vou comer *você*!

Ela riu. Dei-lhe um beijo rápido e agarrei sua bunda. Então fui até a sala com meu drinque, sentei, estiquei as pernas e dei um suspiro.

Eu podia ficar por aqui, pensei, arrumar um dinheiro nas corridas enquanto ela me consolaria nos maus momentos, esfregaria óleo em meu corpo, cozinharia para mim, falaria comigo, iria para cama comigo. Sempre haveria discussões. É da natureza da mulher. Elas adoram lavar roupa suja, um pouquinho de gritaria, uma pitada de drama. Depois uma troca de juras de amor. Eu não era lá essas coisas na hora das juras.

Eu estava me embriagando. Ela veio com o seu drinque, sentou no meu colo, beijou-me, enfiando sua língua em minha boca. Meu pau pressionou seu rabo firme. Agarrei aquelas carnes. Apertei.

– Quero te mostrar uma coisa – ela disse.

– Sei que você quer, mas vamos esperar ainda uma hora depois da janta.

– Ah, não estava falando disso.

Agarrei-a e enfiei minha língua em sua boca.

Vi saltou do meu colo.

– Não, quero te mostrar uma foto da minha filha. Ela está em Detroit com minha mãe. Mas está vindo para cá no outono para ir pra escola.

– Qual é a idade dela?

– Seis.

– E o pai?

– Me divorciei do Roy. O filho da puta não prestava. Tudo o que ele fazia era beber e apostar nos cavalos.

– Ah.

Ela voltou com a foto, colocou-a na minha mão. Tentei formar alguma ideia do que via. O fundo era muito escuro.

– Olhe, Vi, ela é *negra* de verdade! Que diabo, será que você não podia ter tirado a foto com um fundo claro?

– Ela puxou o pai. O sangue negro domina.

– É, dá para ver.

– Foi minha mãe quem tirou a foto.

– Tenho certeza de que sua filha é uma ótima menina.

– Sim, ela é ótima.

Vi pôs a foto no lugar e voltou para a cozinha.

A eterna fotografia! Mulheres e suas fotografias. Era sempre a mesma coisa, vez após vez. Vi estava parada junto ao marco da porta da cozinha.

– Não beba muito agora! Você sabe o que tem pra fazer!

– Não se preocupe, baby, o que é seu está guardado. Enquanto isso, me traz mais um drinque! Tive um dia daqueles. Meio scotch, meio água.

– Pegue você mesmo seu drinque, papaizão.

Girei a minha cadeira, liguei a TV.

– Você quer um outro dia dos bons nas corridas, mulher, é melhor trazer o drinque para o Papaizão! E vamos com isso!

Vi tinha finalmente apostado no meu cavalo no último páreo. Era um cavalo que pagava 5 por 1, e que não tinha feito uma corrida decente em dois anos. Apostei nele apenas porque era 5 por 1 quando devia ser 20. O cavalo acabou ganhando por 6 corpos, fácil. Eles tinham preparado aquele cavalinho do cu aos pelos do nariz.

Levantei os olhos e lá estava uma mão esticando um drinque sobre os meus ombros.

– Obrigado, baby.

– Sim, meu senhor – ela riu.

13

Na cama, eu tinha alguma coisa na minha frente, mas não conseguia fazer nada com ela. Eu chacoalhava e chacoalhava e chacoalhava. Vi foi muito paciente. Continuei me esforçando e batendo, mas eu tinha bebido demais.

– Desculpe, baby – eu disse. Então rolei para o lado. E fui dormir.

Depois alguma coisa me acordou. Era Vi. Ela tinha me deixado duro e cavalgava em cima de mim.

– Vai, baby, vai! – eu disse.

Uma vez ou outra eu arqueava as costas. Ela me olhava com olhos entreabertos e vorazes. Eu estava sendo estuprado por uma feiticeira loira! Por um momento, aquilo me excitou.

Então tive de lhe dizer:

– Merda! Desça, baby! Foi um dia difícil para mim. Da próxima vez, será melhor.

Ela desapeou. A coisa foi descendo como um elevador expresso.

14

Pela manhã, escutei-a andando à minha volta. Andava e andava e andava.

Eram dez e meia. Eu estava me sentindo enjoado. Não queria encará-la. Mais quinze minutos. Depois eu sairia.

Ela me sacudiu.

– Escute, quero que se mande daqui antes que minha namorada apareça!

– E daí? Trepo com ela também.

– Ô – ela riu –, claro que sim.

Me levantei. Tossi, pigarreei. Devagarzinho fui entrando nas roupas.

– Você faz eu me sentir um traste – eu disse. – Não posso ser tão ruim assim! Deve haver algo de bom em mim.

Finalmente me vesti. Fui até o banheiro e passei uma água no rosto, ajeitei os cabelos. Se eu pudesse ao menos ajeitar essa cara, pensei, mas não posso.

Retornei.

– Vi.

– Sim?

– Não fique muito zangada. A culpa não foi sua. Foi o álcool. Já aconteceu antes.

– Está bem. Mas então você não deveria beber tanto. Mulher nenhuma gosta de chegar atrás de uma garrafa.

– Por que você não aposta em mim numa nova corrida?

– Ah, pare com isso!

– Escuta, você precisa de algum dinheiro, baby?

Levei a mão à carteira e puxei um vintão. Estendi-lhe a nota.

– Nossa, você *é* um doce!

Sua mão tocou meu rosto, ela me beijou gentilmente ao lado da boca.

– Dirija com cuidado agora.

– Claro, baby.

Dirigi com cuidado a distância até o hipódromo.

15

Chamaram-me ao escritório do conselheiro em uma daquelas salas do fundo do segundo andar.

– Deixe-me dar uma olhada no senhor, Chinaski.

Ele olhou para mim.

– Arre, o senhor não parece bem. É melhor eu pegar um comprimido.

Sem pestanejar, ele abriu um frasco e pegou um comprimido.

– Tudo bem, sr. Chinaski. Gostaríamos de saber onde esteve estes dois últimos dias.

– De luto.

– De luto? De luto por quem?

– Fui ao funeral de uma velha amiga. Um dia para liberar o cadáver. Um dia de pranto.

– Mas você não telefonou avisando, sr. Chinaski.

– Pois é.

– Só quero lhe dizer uma coisa, Chinaski, cá entre nós.

– Tudo bem.

– Quando o senhor não telefona, sabe o que está dizendo?

– Não.

– O senhor está dizendo "Fodam-se os Correios!", sr. Chinaski.

– Sério?

– E sr. Chinaski, o senhor sabe o que isso significa?

– Não. O que isso significa?

– Significa, sr. Chinaski, que os Correios vão foder com o *senhor*!

Então ele se recostou e olhou para mim.

– Sr. Feathers – eu lhe disse –, o senhor pode ir para o inferno.

– Não dê uma de esperto, Henry. Posso acabar com você.

– Por favor, dirija-se a mim pelo meu nome completo, senhor. Peço-lhe simplesmente um pouco de respeito de sua parte.

– O senhor me pede respeito, mas...

– É isso mesmo. Sabemos onde o senhor estaciona, sr. Feathers.

– O quê? Isso é uma ameaça?

– Os negros me adoram por aqui, Feathers. Eu os levo na conversa.

– Os negros te adoram?

– Eles me dão água. Chego até a trepar com as mulheres deles. Ou ao menos tento.

– Muito bem. Isso está saindo dos limites. Por favor, volte às suas obrigações.

Ele me devolveu o crachá de viagem. Estava preocupado, a pobre criatura. Eu não tinha levado os negros na conversa. Não tinha enrolado ninguém senão o Feathers. Mas não se podia culpá-lo por se preocupar. Um dos supervisores tinha sido empurrado escada abaixo. Um outro tinha tido o cu rasgado ao meio. Outro ainda foi esfaqueado na barriga enquanto esperava o sinal na calçada às três da manhã. Bem em frente ao Correio Central. Nunca mais o vimos.

Feathers, logo depois que falei com ele, sumiu da Central. Não sei exatamente onde foi parar. Mas foi longe do escritório central.

16

Certa manhã, lá pelas dez, o telefone tocou.

– Sr. Chinaski?

Reconheci a voz e dei uma amaciada no tom.

– Ummmmm – eu disse.

Era a srta. Graves, aquela vadia.

– O senhor estava dormindo?

– Estava sim, srta. Graves, mas vá em frente. Tudo bem, tudo bem.

– Bem, o senhor foi absolvido.

– Ummm, ummm.

– De modo que notificamos a sala de testes do esquema.

– Umm-hmm.

– E o senhor está escalado para apresentar o seu CP1 daqui a duas semanas.

– O quê? Ei, espere um pouco...

– Isso é tudo, sr. Chinaski. Bom dia.

E desligou.

17

Bem, peguei a apostila do método e relacionei tudo a sexo e idade. Esse cara mora nesta casa com três mulheres. Ele bateu numa com a cinta (seu nome era o nome da rua e a idade era o número em que a rua dobrava); comeu a outra (idem) e simplesmente fodeu a terceira à moda antiga (idem). Havia todos esses veados, e um deles (seu nome era Avenida Manfred) tinha 33 anos... etc., etc., etc.

Tenho certeza de que não me deixariam entrar naquela gaiola de vidro se soubessem em que eu estava pensando enquanto olhava para todos aqueles cartões. Todos pareciam velhos amigos para mim.

Mesmo assim, ainda misturei algumas de minhas orgias. Acertei 94 da primeira vez.

Dez dias depois, quando voltei, sabia quem estava fazendo o quê e com quem.

Acertei cem por cento em cinco minutos.

E recebi uma carta formal de congratulações do Diretor dos Correios.

18

Pouco depois disso, tornei-me um dos carteiros efetivos, e isso significava uma noite de oito horas, o que era bem melhor do que de doze, além de feriados pagos. Dos 150 ou 200 que tinham entrado, restavam apenas dois.

Então conheci David Janko no posto. Era um cara branco de seus vinte e poucos anos. Cometi o erro de conversar com ele alguma coisa sobre música clássica. Eu estava por dentro da música clássica porque era a única coisa que eu conseguia ouvir de manhã enquanto bebia cerveja na cama. Se você começa a ouvir algo manhã após manhã, no fim você acaba se acostumando à memória daquilo. E quando Joyce e eu tínhamos nos divorciado eu tinha posto por engano dois volumes de *A vida dos grandes compositores clássicos e modernos* em uma de minhas malas. A maioria das vidas desses homens era tão tortuosa que eu me deliciava lendo-as, pensando, bem, também estou no inferno e nem sei compor música.

Mas eu já tinha aberto a boca. Janko e um outro cara estavam discutindo e eu acabei a discussão dando-lhes a data do aniversário de Beethoven, quando ele tinha escrito a Terceira Sinfonia, e uma ideia geral (provavelmente confusa) do que os críticos diziam sobre a Terceira.

Aquilo foi demais para o Janko. Na mesma hora me tomou, equivocadamente, por um cara estudado. Sentado em um banco ao meu lado, começou a se queixar e vociferar noite após noite, madrugada adentro, sobre a miséria enterrada nas profundezas de sua alma torturada e sofredora. Ele tinha uma voz terrivelmente alta e queria que todos a ouvissem. Eu jogava as cartas e ficava ouvindo aquela papagaiada, pensando, o que farei agora? Como vou fazer esse pobre diabo calar a boca?

Ia para casa todas as noites tonto e enjoado. Ele estava acabando comigo com o som da sua voz.

19

Eu entrava às 18h18, e Dave Janko não entrava antes das 22h36, de modo que poderia ter sido pior. Tendo direito, às 22h06, a um intervalo de trinta minutos, eu geralmente voltava na hora de sua entrada. Ao chegar, ia logo procurando um banco perto do meu. Janko, além de pagar de gênio, também fazia as vezes de grande amante. Segundo ele, era acossado em corredores por mulheres jovens e bonitas, seguido nas ruas por dúzias delas. Não davam um descanso ao pobre coitado. Mas nunca o vi falar com nenhuma mulher no serviço, nem elas falavam com ele.

Vinha com coisas do tipo:

– EI, HANK! CARA, HOJE ME PAGARAM UM BOQUETE DAQUELES!

Ele não falava, gritava. Gritava a noite inteira.

– POR DEUS, ELA ME DEIXOU SECO! E ERA JOVEM TAMBÉM! MAS FAZIA TUDO COMO SE FOSSE PROFISSIONAL!

Eu acendia um cigarro.

Depois tinha de ouvir a história completa de como ele a conhecera...

– TIVE DE SAIR PARA COMPRAR PÃO, ENTENDE?

A partir de então – até o último dos detalhes – o que ela dizia, o que ele dizia, o que eles faziam etc.

Naquela época aprovaram uma lei obrigando os Correios a pagar horas extras aos substitutos. Então os Correios transferiram as horas extras para os efetivos.

Oito ou dez minutos antes do horário normal de minha saída, por volta das 2h48, o alto-falante interno dizia:

– Sua atenção, por favor! Todos os funcionários regulares que chegaram às 18h18 devem cumprir uma hora extra!

Janko dava uma sorriso, inclinava-se para mim e continuava a me verter um pouco mais de seu veneno.

Então, oito minutos antes da minha nona hora terminar, o alto-falante anunciava:

– Sua atenção, por favor! Todos os funcionários regulares que chegaram às 18h18 devem cumprir duas horas extras.

Então, oito minutos antes da décima hora:

– Sua atenção, por favor! Todos os funcionários regulares que chegaram às 18h18 devem cumprir três horas extras.

Nesse meio-tempo, Janko nunca parava.

– EU ESTAVA SENTADO NESSA LOJA DE CONVENIÊNCIAS, ENTENDE? E ESSAS DUAS BELEZURAS APARECERAM. ELAS VIERAM SENTAR COMIGO, CADA UMA DE UM LADO...

O cara estava acabando comigo e eu não conseguia me safar. Lembrei-me de todos os outros empregos em que já trabalhara. Eu sempre tinha atraído os loucos. Eles gostavam de mim.

Então Janko empurrou seu romance para cima de mim. Ele não sabia datilografar e tinha recorrido ao trabalho de uma profissional. Os originais estavam numa luxuosa pasta preta de couro. O título era muito romântico.

– QUERO SUA OPINIÃO – ele disse.

– Beleza – eu respondi.

20

Levei-o para casa, abri a cerveja, entrei na cama e comecei.

Começava bem. Era sobre como Janko tinha vivido em quartos apertados e passando fome enquanto tentava encontrar trabalho. Ele tinha problemas com as agências de emprego. E tinha um cara que ele encontrava em um bar – parecia ser um tipo bem educado –, mas seu amigo vivia pegando dinheiro emprestado e nunca se lembrava de pagá-lo.

Era uma escrita honesta.

Talvez eu tenha julgado o cara mal, pensei.

Estava torcendo por ele enquanto lia. Então o romance se desmanchou. Por alguma razão, no momento em que começara a escrever sobre os Correios, a coisa toda deixou de parecer verdadeira.

O romance ficava cada vez pior. Terminava com ele em uma ópera. Era a hora do intervalo. Tinha se levantado do lugar para se livrar da multidão vulgar e estúpida. Bem, eu estava com ele até ali. Então, ao contornar uma coluna, aconteceu. Aconteceu muito rapidamente. Ele topou com essa coisa culta, elegante e linda. Quase a derrubou!

O diálogo seguia assim:

– Ah, sinto *muito*!

– Não foi nada...

– Não tive a intenção... você sabe... me desculpe!

– Não, fique tranquilo, não foi nada!

– É que não vi você... digo, não tive a intenção de...

– Está tudo bem. Está tudo bem...

O diálogo sobre o encontrão continuava por uma página e meia.

O pobre rapaz estava mesmo louco.

Acontece que essa gata, embora estivesse vagando sozinha entre as colunas, bem, era casada com um doutor tal, mas o doutor não entendia de ópera, ou melhor, nem se importava com coisas tão ordinárias como o *Bolero* de Ravel. Ou *O chapéu de três pontas* de De Falla. Eu estava com o doutor nessa.

Do encontrão dessas duas almas verdadeiramente sensíveis, alguma coisa começou a se desenvolver. Encontravam-se em concertos e davam uma rapidinha depois. (Isso era *insinuado* e não dito, pois ambos eram muito delicados para simplesmente *trepar*.)

Bom, assim terminava. A pobre e linda criatura amava o marido e amava o herói (Janko). Não sabia o que fazer, de modo que, é claro, decidiu se matar. Deixou tanto o doutor quanto Janko sozinhos, cada qual em seu banheiro.

Disse ao garoto:

– Começa bem. Mas você vai ter de cortar aquele diálogo do encontrão em volta da coluna. É da pior qualidade...

– NÃO MESMO – ele disse. – NÃO MEXO EM NADA!

Os meses passavam, e o romance era sempre rejeitado.

– JESUS DO CÉU! – ele disse –, NÃO POSSO IR ATÉ NOVA YORK APERTAR AS MÃOS DOS EDITORES, FAZER MÉDIA!

– Olhe, garoto, por que você não larga esse emprego? Vá para um quartinho e escreva. Trabalhe no seu material.

– UM CARA COMO VOCÊ PODE FAZER ISSO – ele disse –, PORQUE VOCÊ PARECE UM BEBUM. OS CARAS TE CONTRATAM PORQUE PERCEBEM QUE VOCÊ NÃO CONSEGUIRÁ OUTRO EMPREGO E ENTÃO FICARÁ NO QUE TE OFERECEREM. ELES NÃO ME CONTRATAM PORQUE OLHAM PARA MIM E VEEM COMO SOU INTELIGENTE, E ELES PENSAM, BEM, UM HOMEM INTELIGENTE COMO ELE NÃO FICARÁ CONOSCO, ENTÃO NÃO VALE A PENA CONTRATÁ-LO.

– Continuo dizendo, vá para um quartinho e escreva.

– MAS EU PRECISO DE SEGURANÇA!

– Ainda bem que certas pessoas não pensavam assim. Ainda bem que Van Gogh não pensava assim.

– O IRMÃO DE VAN GOGH COMPRAVA AS TINTAS PARA ELE! – o garoto me disse.

QUATRO

I

Então desenvolvi um novo sistema no hipódromo. Tirei 3 mil dólares em um mês e meio, indo apenas duas ou três vezes por semana às corridas. Comecei a sonhar. Imaginei uma casinha na praia, perto do mar. Me vi usando roupas finas, sereno, levantando pela manhã, entrando no meu carro importado, fazendo, devagar e relaxado, o caminho até o hipódromo. Me vi em jantares com bons filés, prazerosos, precedidos e acompanhados por boas bebidas em copos coloridos. Gorjeta alta. O charuto. E mulheres à vontade. É fácil mergulhar nesse tipo de pensamento quando os caras lhe estendem grandes notas na janela do caixa. Quando numa corrida de 1.200 metros, ou seja, em um minuto e nove segundos, você tira o salário de um mês.

Assim, fui ao escritório do superintendente. Lá estava ele, atrás de sua mesa. Eu tinha um charuto na boca e uísque em meu hálito. Dava para sentir a palavra grana ao me ver. Eu parecia feito de grana.

– Sr. Winters – eu disse –, os Correios têm me tratado bem. Mas tenho alguns negócios no mundo real que simplesmente precisam de meus cuidados. Se não puder me dar uma licença, vou ter que me demitir.

– Já não lhe dei uma licença no começo do ano, Chinaski?

– Não, sr. Winters, o senhor ignorou meu pedido de licença. Dessa vez não vai poder ignorar. Ou então me demito.

– Tudo bem, preencha o formulário e eu assinarei. Mas só posso lhe dar noventa dias de afastamento.

– Aceito – eu disse, soltando uma longa baforada do meu charuto de magnata.

2

O hipódromo tinha mudado para um lugar que ficava uns 150 quilômetros costa abaixo. Continuava pagando o aluguel de meu apartamento na cidade, entrava no carro e tocava para a costa. Uma ou duas vezes por semana eu dava um pulo no apartamento, conferia a correspondência, às vezes passava a noite, e depois dirigia de volta.

Era uma boa vida, e eu tinha começado ganhando. Depois do último páreo da noite, eu tomava uns dois drinques leves no bar, dando boas gorjetas à garçonete. Parecia uma nova vida. Não tinha como dar errado.

Certa noite, nem cheguei sequer a assistir ao último páreo. Fui para o bar. Cinquenta dólares no vencedor era a minha aposta padrão. Quando você aposta cinquenta dólares por bom um tempo, é como se fosse apenas cinco ou dez dólares.

– Scotch com água – disse ao atendente. – Acho que vou acompanhar esta última pelo alto-falante.

– Em quem apostou?

– Blue Stocking – eu lhe disse. – Cinquenta dólares na cabeça.

– Ele é muito pesado.

– Você está brincando? Um bom cavalo aguenta sessenta quilos numa boa sob um seguro de 6 mil dólares. O que significa que, de acordo com as condições, esse cavalo faz coisas que nenhum outro cavalo na pista faz.

Claro, não era essa a razão pela qual eu tinha apostado em Blue Stocking. Eu sempre dava informações trocadas. Não queria nenhum outro comigo no placar.

Naquela época, não havia circuito fechado de tevê. Você ficava apenas ouvindo pelo alto-falante. Eu tinha 380 dólares de vantagem. Uma perda na última corrida ainda me daria um lucro de 330 dólares. Um bom dia de trabalho.

Ouvíamos. O locutor mencionava todos os cavalos do páreo, exceto Blue Stocking.

Meu cavalo deve ter desabado, pensei.

Estavam na reta de chegada, vindo já em direção à chegada. Aquela pista era conhecida por sua reta final muito curta.

Então, um pouco antes do fim, o locutor berrou:

– E AÍ VEM BLUE STOCKING POR FORA! BLUE STOCKING VEM SE APROXIMANDO COM TUDO... BLUE STOCKING!

– Com licença – eu disse ao atendente. – Voltarei num instante. Prepare um scotch duplo com água.

– Sim, senhor! – ele disse.

Fui até os fundos, onde estava o placar. Blue Stocking cotava 9/2. Bem, não era 8 ou 10 por 1. Mas você apostava no vencedor e não na cotação. Peguei os 250 dólares de lucro e mais uns trocados. Voltei ao bar.

– Em quem está apostando amanhã, senhor? – perguntou-me o cara do bar.

– Amanhã ninguém sabe – eu lhe disse.

Terminei o meu drinque, dei-lhe um dólar de gorjeta e dei o fora.

3

Toda noite era mais ou menos igual. Eu ia até a costa procurar um lugar para jantar. Queria um lugar caro que não estivesse muito cheio. Desenvolvi um faro para esse tipo de lugar. Podia dizer como eram só de olhá-los de fora. Nem sempre você conseguia uma mesa com vista para o mar, a não ser que quisesse esperar. Mas ainda assim você poderia ver o mar lá fora, a lua, e deixar-se levar pelo romantismo. Aproveitar a vida. Eu sempre pedia uma salada pequena e um grande bife. As garçonetes sorriam de um modo delicioso e ficavam paradas bem junto a você. Eu tinha percorrido um longo caminho para um cara que trabalhara em matadouros, que tinha cruzado o país com uma gangue de estrada de ferro, que tinha trabalhado em uma fábrica de biscoitos para cachorro, que tinha dormido em bancos de praça, que tinha trabalhado por uma miséria em subempregos, numa dúzia de cidades por toda a nação.

Depois do jantar, eu procurava um hotel de beira de estrada. Isso também exigia rodar um pouco. Primeiro, eu parava em algum lugar para comprar bourbon e cerveja. Evitava os lugares com aparelhos de televisão. Estava atrás de lençóis limpos, um chuveiro quente, fausto. Era uma vida mágica. E eu não me cansava dela.

4

Um dia estava no bar, no intervalo entre duas corridas, quando vi esta mulher. Deus, ou sei lá quem, continua criando mulheres e cuspindo-as nas ruas, e o rabo dessa é muito grande, e os peitos daquela são pequenos demais, e aquela outra é louca, e outra totalmente pirada, tem uma ainda que é religiosa e outra que adivinha o futuro em folhas de chá, há a que não consegue segurar seus peidos, e mais aquela que tem um nariz imenso, sem esquecer daquela de pernas esquálidas...

Mas de vez em quando, uma mulher entra em cena, em plena floração, uma mulher extrapolando os limites do vestido... uma criatura feita de sexo, uma maldição, o fim de tudo. Ergui os olhos e lá estava, bem no fundo do bar. Estava meio bêbada e o cara do bar não queria mais lhe dar bebida e ela começou a fazer um escândalo e eles chamaram um dos seguranças, que a segurou pelo braço, arrastando-a para um canto, onde agora conversavam.

Terminei meu drinque e os segui:

– Chefe! Chefe!

Ele parou e olhou para mim.

– Minha esposa fez algo errado? – perguntei.

– Achamos que ela está bêbada, senhor. Eu ia escoltá-la até os portões.

– Os portões de largada?

Ele riu.

– Não, senhor. Os portões de saída.

– Pode deixar, eu fico com ela, chefe.

– Está bem, senhor. Mas não deixe ela beber mais.

Não respondi. Peguei-a pelo braço e a levei de volta para dentro.

– Por Deus, obrigada, você salvou a minha vida – ela disse.

Senti seus quadris baterem contra mim.

– Não foi nada de mais. Me chamo Hank.

– Mary Lou – ela disse.

– Mary Lou – eu disse –, eu te amo.

Ela riu.

– Por acaso, você não se esconde atrás de colunas em concertos de ópera, não é mesmo?

– Não me escondo atrás de nada – ela disse, expondo-me seu decote.

– Quer um outro drinque?

– Claro, mas o cara ali não vai me servir.

– Há mais de um bar aqui no hipódromo, Mary Lou. Vamos para o andar de cima. E fique quieta. Espere um pouco e já trago algo para você beber. O que está tomando?

– Qualquer coisa.

– Scotch com água serve?

– Claro

Bebemos durante todo o resto do programa. Ela me deu sorte. Acertei em dois dos três páreos finais.

– Você veio de carro? – perguntei a ela.

– Vim com um otário aí – ela disse. – Ignore-o.

– Se você ignora, eu ignoro – eu respondi.

Começamos a nos agarrar no carro e sua língua entrava e saía de minha boca como uma pequena cobra ensandecida. Depois nos desvencilhamos e seguimos costa abaixo. Foi uma noite de sorte. Consegui uma mesa com vista para o mar e pedimos alguns drinques e ficamos esperando pelas carnes. Todos no lugar olhavam para ela. Inclinei-me em sua direção e lhe acendi o cigarro, pensando, esta vai ser uma das boas. Todo mundo ali sabia o que eu estava pensando e Mary Lou sabia o que eu estava pensando e eu sorri para ela por sobre a chama.

– O oceano – eu disse –, veja ele lá, golpeando, arrastando-se para cima e para baixo. E embaixo disso tudo, os peixes, os pobres peixes lutando uns contra os outros, comendo uns aos outros. Nós somos como esses peixes, com a diferença de que estamos aqui em cima. Um movimento mal calculado e você já era. É bom ser um campeão. É bom conhecer os próprios movimentos.

Puxei um charuto e o acendi.

– Mais um drinque, Mary Lou?

– Claro, Hank.

5

Havia esse lugar. Estendia-se sobre o mar, construído junto ao mar. Um lugar meio velho, mas com um toque de classe. Pegamos um quarto no primeiro andar. Dava para escutar o oceano correndo lá em baixo, podia-se ouvir as ondas, sentir o cheiro do oceano, a maré indo e vindo, subindo e descendo.

Deixei o tempo correr até ficar à vontade, conversando e bebendo com ela. Depois fui para o sofá e me sentei perto dela. Começamos a avançar, rindo e falando e ouvindo o oceano. Fiquei nu, mas fiz com que ela ficasse vestida. Depois a levei até a cama e enquanto já me arrastava por cima dela, tirei suas roupas e entrei. Foi difícil de entrar. Então ela se soltou.

Foi uma das melhores. Eu escutava a água, escutava a maré indo e vindo. Era como se eu estivesse gozando junto com o oceano inteiro. Aquilo parecia durar e durar. Então rolei para o lado.

– Oh, Jesus Cristo – eu disse –, oh, Jesus Cristo!

Nunca sei bem como é que Jesus Cristo sempre entrava nessas coisas.

6

No dia seguinte, fomos apanhar algumas de suas coisas em um motel. Havia um homenzinho escuro por lá, com uma verruga no lado do nariz. Tinha um ar perigoso.

– Você vai com ele? – perguntou a Mary Lou.

– Sim.

– Tudo bem. Boa sorte. – Ele acendeu um cigarro.

– Obrigada, Hector.

Hector? Mas que diabo de nome era esse?

– Toma uma cerveja? – perguntou-me.

– Claro – eu disse.

Hector estava sentado na beira da cama. Foi até a cozinha e voltou com três cervejas. Eram boas, importadas da Alemanha. Abriu a garrafa de Mary e serviu um pouco num copo que entregou a ela. Então me perguntou:

– Copo?

– Não, obrigado.

Me levantei e brindamos tocando as garrafas.

Sentamos, bebendo as cervejas em silêncio.

Então ele disse:

– Você é homem o suficiente para tomá-la de mim?

– Porra, não faço a mínima ideia. Ela é quem tem que escolher. Se quiser ficar com você, ela fica. Por que não pergunta a ela?

– Mary Lou, vai ficar comigo?

– Não – ela disse –, estou indo com ele.

Apontou para mim. Eu me senti importante. Já tinha perdido tantas mulheres para outros caras que foi bom que a coisa estivesse tomando um outro rumo. Acendi um charuto. Então olhei em volta à procura de um cinzeiro. Havia um sobre a cômoda.

Ocorreu-me dar uma olhada no espelho para ver o estado da minha ressaca e foi quando vi Hector avançando em minha direção como um dardo em busca do alvo. Eu ainda tinha a garrafa de cerveja na mão. Me virei e ele se chocou contra ela. Atingi-o em cheio na boca, que se transformou em uma massa de dentes e sangue. Hector caiu de joelhos, chorando, cobrindo a boca com ambas as mãos. Vi o canivete. Chutei-o para longe dele, peguei-o em seguida, dei uma olhada. Vinte centímetros. Apertei o botão e a lâmina se recolheu. Guardei o negócio no bolso.

Então, enquanto Hector chorava, avancei e dei-lhe um chute no rabo.

Ele se estatelou no chão, ainda choramingando. Avancei e dei uma bicada em sua cerveja.

Depois voltei e dei uma bofetada em Mary Lou. Ela gritou.

– Vadia! Você armou tudo isso, não foi? Ia deixar esse macaco me matar por uns meros quatrocentos ou quinhentos dólares que levo na carteira!

– Não, não! – ela disse. Chorava. Ambos choravam.

Voltei a esbofeteá-la.

– É esse o seu golpe, sua vadia? Matando homens por uns trocados?

– Não, não, eu te AMO, Hank, eu te AMO!

Agarrei seu vestido azul pela gola e o fui rasgando, de cima até a cintura. Ela não usava sutiã. A vadia não precisava de um.

Ganhei a rua, entrei no carro e segui em direção ao hipódromo. Por duas ou três semanas andei olhando por cima dos ombros. Andava aos sobressaltos. Nada aconteceu. Nunca mais vi Mary Lou nas corridas. Ou Hector.

7

De alguma maneira, depois daquilo o dinheiro se foi e logo deixei as pistas e voltei para o meu apartamento, onde esperei sentado que a licença de noventa dias terminasse. Meus nervos estavam em frangalhos de tanta bebida e ação. Não é novidade essa história das mulheres caírem em cima dos homens. Você pensa que tem espaço para respirar, então olha para o lado e já aparece outra. Fay. Fay tinha cabelos grisalhos e sempre se vestia de preto. Dizia ser um protesto contra a guerra. Mas se Fay queria protestar contra a guerra, por mim tudo bem. Ela era uma espécie de escritora e tinha feito algumas oficinas literárias. Tinha ideias sobre salvar o mundo. Se ela pudesse salvá-lo para mim, isso também seria ótimo. Ela vivia dos cheques da pensão de um ex-marido – eles tiveram três filhos –, e a mãe também lhe enviava alguma grana de vez em quando. Fay não tivera mais que um ou dois empregos ao longo da vida.

Nesse meio-tempo, Janko não diminuíra nem um pouco a capacidade de falar merda. A cada manhã, ele me fazia ir para casa com a cabeça explodindo. Nessa época, eu estava recebendo inúmeras multas de trânsito. Era como se toda vez que eu olhasse pelo espelho retrovisor lá estivessem as luzes vermelhas. Um carro-patrulha ou uma moto.

Certa noite, cheguei tarde em casa. Estava em frangalhos. Pegar a chave e enfiar na fechadura me consumiu o que restava de energia. Entrei no quarto e lá estava Fay na cama lendo a *New Yorker* e comendo chocolates. Não chegou sequer a me dar um oi.

Fui até a cozinha procurar algo para comer. Não havia nada na geladeira. Decidi tomar um copo d'água. Fui até a pia. Estava transbordando de lixo. Fay gostava de aproveitar potes usados e suas tampas. Os pratos sujos ocupavam metade da pia, e os potes e tampas boiavam na água junto com pedaços de rótulos.

Voltei pro quarto no exato instante em que Fay colocava um chocolate na boca.

– Olhe, Fay – eu disse –, sei que você quer salvar o mundo. Mas será que não pode começar lá pela cozinha?

– Cozinhas não têm importância – ela disse.

Era difícil bater numa mulher de cabelos grisalhos, então simplesmente entrei no banheiro e comecei a encher a banheira. Um banho fervendo me acalmaria os nervos. Quando a banheira encheu, tive medo de entrar. Meu corpo castigado já tinha, àquela altura, enrijecido tanto que eu tinha medo de me afogar lá dentro.

Fui para a sala e, depois de certo esforço, dei um jeito de tirar minha camisa, calças, sapatos, as meias. Entrei no quarto e ocupei o lugar ao lado de Fay. Eu não encontrava posição. Toda vez que me mexia, era a um custo pesado.

A única hora em que você está sozinho, Chinaski, pensei, é quando está dirigindo para o trabalho ou voltando para casa.

Finalmente encontrei uma posição deitado de bruços. Meu corpo todo doía. Logo estaria de volta ao serviço. Se eu conseguisse dormir, isso ajudaria. De vez em quando, escutava um virar de página, o som de chocolates sendo devorados. Tinha sido uma de suas noites de oficina literária. Se ela ao menos apagasse a luz.

– Como foi a oficina? – perguntei com um grunhido.

– Estou preocupada com o Robby.

– Ah, o que há de errado com ele? – perguntei.

Robby era um cara beirando os quarenta que tinha vivido desde sempre com a mãe. Tudo o que ele escrevia, conforme me informaram, eram histórias terrivelmente engraçadas sobre a Igreja Católica. Robby, de fato, sentava o pau nos católicos. As revistas não estavam prontas para Robby, embora ele tivesse sido publicado uma vez num jornal canadense. Certa vez, eu tinha encontrado Robby em uma de minhas noites de folga. Levei Fay de carro até essa mansão onde todos liam suas coisas uns para os outros.

– Ah! Aquele é Robby! – Fay tinha dito –, ele escreve contos engraçados sobre a Igreja Católica!

Ela tinha me apontado o cara. Robby estava de costas para nós. Tinha uma bunda grande, larga e flácida, pendendo dentro das calças frouxas. Será que eles não veem isso?, pensei.

– Não vai entrar? – Fay tinha me perguntado.

– Talvez na próxima semana...

Fay pôs outro chocolate na boca.

– Robby está preocupado. Ele perdeu o emprego na transportadora. Disse que não consegue escrever desempregado. Precisa daquele sentimento de segurança. Disse que não vai conseguir escrever até arranjar outro emprego.

– Com o diabo – eu disse –, posso arranjar um emprego para ele.

– Onde? Como?

– Estão contratando a torto e a direito lá nos Correios. O salário não é mau.

– NOS CORREIOS! ROBBY É MUITO SENSÍVEL PARA TRABALHAR NOS CORREIOS!

– Desculpe – eu disse –, achei que valia a pena tentar. Boa noite.

Fay não respondeu. Estava furiosa.

8

Eu tinha as sextas e os sábados livres, o que tornava o domingo o pior dia. Além do fato de que no domingo me obrigavam a estar lá às três e meia em vez do horário usual das 18h18.

Em um desses domingos, entrei e, como sempre, me escalaram para a seção dos impressos, o que significava *pelo menos* oito horas de pé.

Além das dores, eu começava a sentir tonturas. Tudo começaria a rodar, eu ficaria muito próximo de apagar e então teria de me manter consciente a muito custo.

Tinha sido um domingo brutal. Alguns amigos de Fay tinham aparecido e sentaram no sofá e ficaram grasnando sobre como eram grandes escritores, realmente os melhores de todo o país. A única razão pela qual não eram publicados era porque não enviavam – segundo eles – seus materiais.

Eu tinha olhado para eles. Se escreviam de acordo com suas aparências, seguindo o modo como bebiam seus cafés e davam risinhos e molhavam rosquinhas, então não faria diferença se enviassem seus textos ou os enfiassem no rabo.

Nesse mesmo domingo, eu estivera carimbando revistas. Precisara de café, dois cafés, alguma coisa para morder. Mas todos os chefes estavam de pé bem na minha frente. Tentei a saída dos fundos. Tinha que cruzar direto. O refeitório era no segundo andar. Eu estava no quarto. Havia uma porta junto ao banheiro masculino. Olhei o aviso.

AVISO!
NÃO USE ESTA
ESCADA!

Era lorota. Eu era mais esperto que os filhos da mãe. Eles só mantinham aquele aviso para evitar que caras espertos como o Chinaski descessem até o refeitório. Abri a porta e comecei a descer. A porta se fechou atrás de mim. Desci até o segundo piso. Virei a maçaneta. Mas que porra! A porta não abria! Estava trancada. Voltei a subir. Passei pelo terceiro andar. Nem tentei. Sabia que estava trancada. Assim como também estaria trancada a porta do primeiro andar. A essa altura, eu já conhecia os

Correios bastante bem. Quando preparavam uma armadilha, iam até o fim. Restava-me uma remota possibilidade. Cheguei ao quarto andar. Tentei a maçaneta. Estava trancada.

Pelo menos a porta ficava ao lado do banheiro. Havia sempre alguém entrando e saindo do banheiro masculino. Esperei. Dez minutos. Quinze minutos. Vinte minutos! Será que NINGUÉM quer mijar, cagar ou fazer um tempo? Vinte e cinco minutos. Então vi um rosto. Bati no vidro.

– Ei, parceiro! EI, PARCEIRO!

Nem me ouviu, ou fingiu não me ouvir. Marchou para dentro do banheiro. Cinco minutos. Então outro rosto apareceu.

Bati com toda força.

– EI, PARCEIRO! EI, SEU VEADO!

Acho que dessa vez o cara me ouviu. Olhou para mim através do vidro aramado.

Eu disse:

– ABRA A PORTA! NÃO ESTÁ ME VENDO AQUI? ESTOU TRANCADO, SEU IDIOTA! ABRA A PORTA!

Ele abriu a porta. Eu passei. O cara parecia estar em estado de transe.

Agarrei seu cotovelo.

– Obrigado, garoto.

Voltei para o meu pacote de revistas.

Então o supervisor passou por ali. Parou e me deu uma olhada. Diminuí o ritmo.

– Como está indo, sr. Chinaski?

Dei-lhe um grunhido, brandi uma revista no ar como se estivesse enlouquecendo, disse alguma coisa para mim mesmo, e ele seguiu em frente.

9

Fay estava grávida. Mas isso não a alterou e também não fez com que as coisas mudassem nos Correios.

O mesmo grupo reduzido de funcionários fazia todo o trabalho, enquanto o resto do pessoal ficava parado por ali, discutindo as notícias do esporte. Eram todos negrões fortes – com físicos de lutadores de luta livre. Quando um novato entrava no serviço, era posto com essa turma. Isso evitava que eles assassinassem os supervisores. Se esse pessoal tinha um supervisor, você nunca o via. A turma trazia contêineres carregados de correspondência que chegavam pelos elevadores de carga. Isso tomava cinco minutos de uma hora de trabalho. Às vezes, contavam a correspondência ou ao menos fingiam. Pareciam muito calmos e intelectualizados, fazendo a contagem com longos lápis sobre a orelha. Mas, na maior parte das vezes, discutiam violentamente os eventos da cena esportiva. Eram todos especialistas – liam os mesmos cronistas esportivos.

– E então, cara, quem é o melhor rebatedor de todos os tempos?

– Bom, Willie Mays, Ted Williams, Cobb.

– O quê? O quê?!

– É isso aí, cara!

– E que tal o Babe? Que cê me diz do Babe?

– Tá certo, tá certo, e quem é seu rebatedor preferido?

– O de todos os tempos, não o preferido.

– Tá certo, tá certo, você sabe o que quero dizer, baby, você sabe o que quero dizer!

– Bem, fico com Mays, Ruth e Di Maj!

– Vocês estão malucos! Que tal Hank Aaron, baby? Que tal Hank?

De uma só vez, todos os cargos desse pessoal foram declarados vagos. A maioria foi preenchida por pessoas com maior tempo de casa. Acontece que o pessoal aparecia e arrancava as propostas do livro de nomeações. Não havia nada a fazer. Ninguém registrava uma queixa. Era uma longa e escura caminhada até o estacionamento à noite.

10

Comecei a sentir tonturas. Podia sentir quando iam chegar. A caixa começava a rodar. Os surtos duravam um minuto. Não conseguia entendê-los. Cada carta ia ficando mais e mais pesada. Os outros funcionários começavam a ter uma aparência de um cinza mortiço. Eu deslizava de minha banqueta. Minhas pernas mal me sustentavam. O trabalho estava me matando.

Fui ao meu médico e falei com ele a respeito disso. Tirou minha pressão.

– Não, não, a pressão está boa.

Então me auscultou e depois conferiu meu peso.

– Não há nada de errado com você.

Então resolveu aplicar um exame de sangue especial. Tiraria sangue do meu braço três vezes, de forma intervalada, deixando correr um lapso de tempo cada vez maior entre a primeira e a última amostra.

– Importa-se de esperar na outra sala?

– Não, não, vou dar uma volta e retorno na hora marcada.

– Tudo bem, mas volte em tempo.

Cheguei a tempo para a segunda extração. Até a terceira haveria uma espera maior, de 20 a 25 minutos. Fui dar uma caminhada lá fora. Nada de muito interessante estava acontecendo. Entrei em uma loja de conveniências e li uma revista. Deixei-a de lado, olhei para o relógio e saí. Vi uma mulher sentada no ponto de ônibus. Era uma dessas criaturas raras. Revelava uma porção generosa de suas pernas. Não conseguia tirar meus olhos da mulher. Atravessei a rua e fiquei a uns vinte metros de distância.

Então ela se levantou. Eu tinha de segui-la. Seu rabo gigantesco me acenava. Eu estava hipnotizado. Ela entrou em um posto dos Correios e eu entrei atrás. Ficou em uma fila e eu atrás dela. Comprou dois postais. Eu, doze postais via aérea e dois dólares em selos.

Quando saí, ela estava subindo no ônibus. Vi pela última vez suas pernas e bunda deliciosas entrando no ônibus que a levaria embora.

O médico me esperava.

– O que aconteceu? Está cinco minutos atrasado!

– Não sei. O relógio deve ter parado.

– ESSE NEGÓCIO TEM DE SER EXATO!

– Vá em frente. Tire o sangue assim mesmo.

Ele me espetou a agulha...

Dois dias depois, os testes revelaram que não havia nada de errado comigo. Não sei se foram os cinco minutos de diferença ou o quê. Mas as tonturas pioraram. Comecei a bater o meu cartão de ponto após quatro horas de serviço, sem preencher os formulários adequados.

Chegava às onze da noite e lá estava Fay. A tadinha da Fay grávida.

– O que aconteceu?

– Não aguentava mais – eu dizia –, estou muito sensível…

II

Os rapazes do Posto Dorsey não sabiam dos meus problemas.

Eu entrava pelos fundos todas as noites, escondia meu suéter em uma gaveta e ia pegar meu cartão de ponto:

– Maninhos! – eu dizia.

– Mano Hank!

– Olá, mano Hank!

Jogávamos uma espécie de jogo, o jogo do negro e branco, e eles gostavam daquilo. Boyer vinha até mim, tocava meu braço e dizia:

– Cara, se tivesse me pintado com essa *sua* cor, eu seria milionário!

– Claro que seria, Boyer. É só o que se precisa: de uma pele branca.

Então o pequeno e rechonchudo Hadley se aproximava de nós.

– Havia esse cozinheiro negro num navio. Era o único negro a bordo. Ele cozinhava pudim de tapioca duas ou três vezes por semana e batia uma em cima do negócio. Os branquelos gostavam muito do pudim de tapioca, hehehehe! Perguntavam-lhe como era que fazia, e ele dizia que tinha sua própria receita secreta, hehehehehehe!

Todos ríamos. Não sei quantas vezes tive que escutar a história do pudim de tapioca...

– Ei, seu branco nojento! Ei, garoto!

– Olhe, cara, se eu te chamasse de "garoto", era bem capaz de você me passar a faca. Então não me chame de "garoto".

– Olhe, branquelo, que acha de sairmos juntos este sábado à noite? Descolei uma branca gostosa de cabelos loiros.

– E eu descolei uma negra gostosa. E você sabe qual é a cor do cabelo dela.

– Vocês vêm fodendo essas mulheres puras há séculos. Estamos tentando alcançá-los. Você não se importaria se eu metesse meu caralhão preto na sua mocinha branca?

– Se ela quiser, é problema dela.

– Você roubou a terra dos índios.

– Claro que roubei.

– Você não me convidaria para ir à sua casa. Se convidasse, mandaria eu entrar pelos fundos, para que ninguém visse minha pele...

– Mas eu deixaria uma luzinha acesa.

Era um negócio aborrecido, mas não tinha outro jeito.

12

Fay estava bem da gravidez. Para uma mulher já madura, ela estava bem. Esperávamos por ali, em casa. Finalmente chegou a hora.

– Não vai demorar muito – ela disse. – Não quero chegar lá muito cedo.

Saí e dei uma conferida no carro. Voltei.

– Oooh, oh – ela disse. – Não, espere.

Talvez ela *pudesse* mesmo salvar o mundo. Fiquei orgulhoso de sua calma. Perdoei-a pelos pratos sujos, pela *New Yorker* e pelos seus encontros nas oficinas literárias. A velha garota era simplesmente mais uma criatura solitária em um mundo indiferente a todos nós.

– É melhor irmos agora – eu disse.

– Não – disse Fay. – Não quero que fique esperando muito tempo. Sei que você não tem se sentido muito bem ultimamente.

– Quem se importa. Vamos de uma vez.

– Não, por favor, Hank.

Ela ficava ali sentada.

– O que posso fazer por você? – perguntei.

– Nada.

Ficou sentada mais uns dez minutos. Fui até a cozinha pegar um copo d'água. Quando voltei, ela perguntou:

– Pronto para dirigir?

– Claro.

– Sabe onde fica o hospital?

– Claro.

Ajudei-a a entrar no carro. Por duas vezes, na semana passada, eu tinha ensaiado o caminho. Mas quando cheguei lá não tinha ideia de onde estacionar. Fay apontou um corredor.

– Entre ali. Estacione. Entraremos por ali.

– Sim, senhora – eu disse…

A cama ficava num quarto dos fundos que dava para a rua. Ela franziu o rosto.

– Segure a minha mão – ela disse.

Foi o que fiz.

– Desta vez vai mesmo acontecer? – perguntei.

– Sim.

– Você faz isso parecer tão simples – eu disse.

– Você está sendo gentil. Isso ajuda.

– Eu *gostaria* de ser gentil. É aquele inferno dos Correios que...

– Eu sei. Eu sei.

Estávamos olhando através da janela do fundo.

Eu disse:

– Olhe aquelas pessoas lá embaixo. Não fazem a menor ideia do que se passa aqui em cima. Apenas andam pela calçada. Sabe, é engraçado... elas também tiveram de nascer um dia, cada uma delas.

Conseguia sentir os movimentos de seu corpo segurando sua mão.

– Aperte com mais força – ela disse.

– Sim.

– Vou odiar quando você tiver que sair.

– Onde está o médico? Onde estão todos? Mas que diabos!

– Eles virão.

Logo em seguida uma enfermeira apareceu. Tratava-se de uma maternidade católica, e ela era uma enfermeira muito bonita, morena, espanhola ou portuguesa.

– Agora... o senhor... deve sair – ela me disse.

Cruzei os dedos para Fay e lhe dei um sorriso torto. Acho que ela viu. Tomei o elevador e desci.

13

Meu médico alemão apareceu. Era o mesmo que me aplicara os exames de sangue.

– Parabéns – ele disse, apertando minha mão –, é uma menina de quatro quilos e meio.

– E a mãe?

– A mãe ficará bem. Não houve qualquer problema.

– Quando poderei vê-las?

– Logo vão te dizer. Sente-se ali e eles vão chamá-lo.

E depois disso ele se foi.

Olhei através do vidro. A enfermeira apontou para o meu bebê. O rosto estava muito vermelho e ela gritava mais alto do que todas as outras crianças. A sala estava cheia de bebês chorando. Tantos nascimentos! A enfermeira parecia muito orgulhosa da minha filhinha. Pelo menos, eu esperava que fosse a minha. Ela levantou a menina para que eu pudesse vê-la melhor. Sorri através do vidro, eu não sabia como agir. A menina só gritava para mim. Pobrezinha, pensei, pobre coisinha danada. Eu ainda não sabia que ela seria uma bela menina algum dia e que se pareceria muito comigo, hahaha.

Sinalizei à enfermeira para que a baixasse, e com um gesto me despedi das duas. Era uma enfermeira simpática. Boas pernas, bons quadris. Peitos fartos.

Fay tinha uma mancha de sangue no canto esquerdo da boca e eu peguei um lenço umedecido e a limpei. Mulheres nasceram para sofrer; não é de surpreender que peçam constantes declarações de amor.

– Queria que me deixassem ficar com meu bebê – disse Fay –, não é justo nos separarem assim.

– Eu sei. Mas acho que deve haver alguma razão médica.

– Sim, mas não me parece certo.

– Não, não é. Mas a criança parecia bem. Vou fazer o possível para que a tragam o quanto antes. Devia haver uns quarenta bebês lá embaixo. Estão fazendo todas as mães esperar. Acho que é para deixá-las recuperar as forças. Nossa bebê parecia *muito* forte, posso te garantir. Por favor, não se preocupe.

– Vou ficar tão feliz quando estiver com ela.

– Eu sei, eu sei. Não vai demorar.

– Senhor – disse uma gorda enfermeira mexicana entrando –, vou pedir para o senhor sair agora.

– Mas eu sou o pai.

– Sabemos disso. Mas sua mulher precisa descansar.

Apertei a mão de Fay, beijei-a na testa. Depois disso, ela fechou os olhos e pareceu dormir. Não era mais uma mulher jovem. Talvez não tivesse salvado o mundo, mas tinha feito uma profunda melhoria. Um rufar de tambores para Fay.

14

Marina Louise, o nome que Fay deu à criança. Então ali estava, Marina Louise Chinaski. No berço junto à janela. Olhando para as folhas das árvores e os desenhos de luz que corriam pelo teto. Logo mais choraria. Passeie com o bebê, fale com o bebê. A garotinha queria os peitos da mamãe, mas nem sempre mamãe estava pronta para dar de mamar e eu não tinha os peitos da mamãe. E o meu emprego continuava lá. E agora os tumultos de rua. Um décimo da cidade estava pegando fogo...

15

No elevador, eu era o único branco. Aquilo parecia estranho. Eles falavam dos tumultos, sem olhar para mim.

– Jesus – disse um negro escuro como carvão –, é um negócio impressionante. Esses caras vagando pelas ruas, bêbados, com as garrafinhas de uísque na mão. Os policiais em seus carros, mas sem sair de dentro, sem se meter no esquema dos bêbados. E isso à luz do dia. As pessoas vagando com televisores, aspiradores de pó, tudo quanto é coisa. É realmente impressionante...

– É isso aí, meu velho.

– Os negros que são donos de algum lugar colocam avisos : "IRMÃOS DE SANGUE". E os proprietários brancos também colocam o aviso. Mas não têm como enganar as pessoas. Elas sabem que lugares pertencem aos branquelos...

– Pode crer, irmão.

Então o elevador parou no quarto andar e todos descemos juntos. Pareceu-me que o melhor para mim era não fazer nenhum comentário naquele momento.

Não muito tempo depois, o diretor dos Correios anunciou no alto-falante:

– Atenção! A área sudeste está com barricadas. Somente aqueles que tiverem identificação apropriada terão permissão de entrar. Às sete da noite será dado toque de recolher. Depois das sete ninguém poderá passar. A barricada se estende da Indiana até a Rua Hoover, e do Washington Bulevar até o número 135 da Place. Todos os que vivem nessa área estão dispensados do trabalho por ora.

Me levantei e fui buscar meu cartão-ponto.

– Ei! Onde pensa que vai? – o supervisor me perguntou.

– Não ouviu o comunicado?

– Sim, mas você não é...

Enfiei a mão esquerda em meu bolso.

– Não sou O QUÊ? Não sou O QUÊ?

Ele me olhou.

– O que *você* sabe da vida, BRANQUELO? – eu disse.

Peguei meu cartão-ponto e fui batê-lo.

16

Os tumultos terminaram, o bebê se acalmou, e descobri alguns truques para escapar de Janko. Mas as tonturas persistiam. O médico me receitou umas cápsulas tranquilizantes e elas ajudaram um pouco.

Certa noite, me levantei para tomar um gole d'água. Depois retornei, trabalhei meia hora e fui para meu descanso de dez minutos.

Quando voltei a me sentar, Chambers, o supervisor, um loiro alto, veio correndo:

– Chinaski! Finalmente você cavou sua sepultura. Esteve fora por quarenta minutos!

Em outra noite, tempos atrás, Chambers tinha caído no chão, num surto, espumando e se contorcendo. Levaram-no de maca. Na noite seguinte a essa, ele voltou, de gravata, camisa nova, como se nada tivesse acontecido. Agora vinha com essa conversa para boi dormir para cima de mim.

– Veja bem, Chambers, seja compreensivo. Tomei um gole de água, me sentei, trabalhei trinta minutos, depois saí para o intervalo. Fiquei lá fora dez minutos.

– Você cavou sua sepultura, Chinaski. Ficou lá fora durante quarenta minutos! Tenho sete testemunhas!

– Sete testemunhas?

– SIM, sete!

– É como eu disse, foram dez minutos.

– Não! Dessa vez pegamos você, Chinaski! Pegamos com a boca na botija!

O fato era que eu estava cansado daquilo. Não quis mais nem olhar para ele:

– Tudo bem, então. Fiquei lá fora por quarenta minutos. Faça o que bem entender. Registre uma queixa.

Chambers saiu correndo.

Carimbei mais algumas cartas, então o supervisor-geral se aproximou. Um sujeito magro e branco, com pequenos tufos de cabelos grisalhos pendendo acima das orelhas. Olhei para ele e voltei e carimbar mais algumas cartas.

– Sr. Chinaski, estou certo de que o senhor conhece as regras e o regulamento dos Correios. Cada funcionário tem direito a dois descansos de dez minutos, um antes do almoço, outro depois do almoço. O direito de descanso é garantido pelo acordo: dez minutos. Dez minutos são...

– PORRA DO CARALHO!

Joguei minhas cartas no chão.

– Só admiti que tinha sido um intervalo de quarenta minutos para satisfazer vocês e para que me largassem de mão. Mas vocês não conseguem dar uma folga! Agora retiro o que disse! Só fiquei lá fora por dez minutos! Quero ver quem são suas sete testemunhas! Traga-as já até aqui!

Dois dias depois eu estava no hipódromo. Dei uma olhada ao redor e vi todos esses dentes, esse enorme sorriso e uns olhos brilhando, amigavelmente. Quem era – com todos aqueles dentes? Olhei mais de perto. Era o Chambers olhando para mim, sorrindo e parado em uma fila de café. Eu tinha uma cerveja na mão. Me aproximei de uma lata de lixo e, sem tirar os olhos dele, cuspi tudo. Depois me afastei. Chambers nunca mais voltou a me incomodar.

17

O bebê engatinhava, descobrindo o mundo. À noite, Marina dormia na cama conosco. Lá estavam Marina, Fay, o gato e eu. O gato também dormia na cama. Veja só, eu pensava, tenho três bocas para alimentar. Aquilo era muito estranho. Eu ficava ali sentado, vendo-os dormir.

Então, duas noites em sequência, quando eu voltava para casa pela manhã, ainda de madrugada, encontrava Fay sentada, lendo os classificados.

– Droga, todos esses quartos são muito caros – ela disse.

– De fato – eu disse.

Na noite seguinte, enquanto ela lia o jornal, perguntei:

– Vai se mudar?

– Sim.

– Tudo bem. Amanhã ajudarei você a encontrar um lugar. Levo você para olhar as opções.

Concordei em lhe pagar uma quantia por mês. Ela disse:

– Tudo bem.

Fay ficou com a menina. Eu fiquei com o gato.

Encontramos um lugar a oito ou dez quarteirões de distância. Ajudei-a na mudança, dei um tchau para a menina e dirigi de volta para casa.

Eu passava para ver Marina duas ou três ou quatro vezes por semana. Sabia que enquanto pudesse ver a garota eu estaria bem.

Fay continuava vestindo preto em protesto contra a guerra. Frequentava passeatas pela paz, a favor do amor livre, ia a recitais de poesias, a oficinas, a encontros do Partido Comunista e ficava sentada em um café de hippies. Levava a criança consigo. Se não saía, ficava sentada, fumando cigarro atrás de cigarro e lendo. Usava broches de protesto na blusa preta. Mas em geral, quando eu ia visitá-las, ela estava fora, em algum lugar com a menina.

Até que um dia as encontrei por lá. Fay estava comendo sementes de girassol com iogurte. Ela fazia seu próprio pão, mas não era muito bom.

– Conheci um cara chamado Andy, um motorista de caminhão – ela me disse. – Ele é pintor nas horas vagas. Essa é uma de suas telas.

Fay apontou para a parede.

Eu estava brincando com a menina. Olhei para o quadro. Não disse nada.

– Ele tem um pau enorme – disse Fay. – Esteve aqui uma noite dessas e me perguntou: "Que acha de ser comida por esse pauzão?", e eu lhe disse: "Preferia ser comida com amor!".

– Ele parece ser um cara vivido – eu disse a ela.

Brinquei um pouco mais com a menina, depois me fui. Aproximava-se mais uma prova de esquema.

Logo depois disso, recebi uma carta de Fay. Ela e a menina estavam vivendo em uma comunidade hippie no Novo México. Era um lugar bacana, ela dizia. Marina poderia respirar bem por lá. Enviou junto um pequeno desenho que a menina tinha feito para mim.

CINCO

I

DEPARTAMENTO DOS CORREIOS
ASSUNTO: Carta de Advertência
AO: Sr. Henry Chinaski

Recebeu-se a informação neste escritório de que o senhor foi preso pelo Departamento de Polícia de Los Angeles no dia 12 de março de 1969, sob a acusação de embriaguez.

Em relação a isso, chamamos sua atenção para a Seção 744.12 do Manual dos Correios, conforme o que segue:

> "Funcionários dos Correios são servidores do público em geral, e suas condutas, em muitos casos, devem estar sujeitas a restrições e padrões maiores do que os de certos cargos particulares. Espera-se dos funcionários que tenham uma conduta, durante e depois das horas de serviço, que represente favoravelmente a imagem do Serviço dos Correios. Embora não seja parte da política do Departamento dos Correios interferir na vida privada dos funcionários, ela requer que os empregados dos Correios sejam honestos, respeitadores e de confiança, de bom caráter e boa reputação."

Ainda que sua prisão seja oriunda de uma acusação relativamente branda, ela se constitui, por si só, em uma evidência da sua incapacidade em seguir aquilo que é requerido pelo Serviço dos Correios. O senhor está sendo alertado por meio desta que a repetição desta ofensa ou qualquer novo envolvimento com as autoridades policiais não deixará a este escritório outra alternativa senão considerar uma medida disciplinar.

O senhor pode submeter a sua explicação por escrito se assim o desejar.

2

DEPARTAMENTO DOS CORREIOS
ASSUNTO: Notificação de Medida Disciplinar Proposta
AO: Sr. Henry Chinaski

Este é um aviso prévio de que foi feita a proposta de suspendê-lo do trabalho durante três dias sem pagamento ou para tomar qualquer outra medida disciplinar que se julgue apropriada. A medida foi proposta levando-se em consideração promover a eficiência do Serviço dos Correios e será efetivada não antes de 35 dias a partir do recebimento desta carta.

As acusações contra o senhor e os motivos em que se baseiam tais acusações são:

ACUSAÇÃO Nº 1
O senhor é acusado de estar ausente sem pedido de licença em 13 de maio de 1969, 14 de maio de 1969 e 15 de maio de 1969.

A somar-se ao dito acima, os seguintes elementos da sua folha de serviços serão considerados para se determinar a extensão da medida disciplinar a ser adotada, caso permaneça a presente acusação:

> O senhor recebeu uma carta de advertência em 1º de abril de 1969, por estar ausente sem pedido de licença.

O senhor tem o direito de responder pessoalmente à acusação ou por escrito, ou das duas maneiras, e ser acompanhado por um representante de sua própria escolha. A sua resposta deve ser feita em um prazo de dez (10) dias a partir do recebimento desta. O senhor também pode submeter depoimentos juramentados com sua resposta. Qualquer resposta escrita deve ser enviada à Direção dos Correios, Los Angeles, Califórnia, 90052. Se for necessário um tempo adicional para submeter a sua resposta, este será considerado tendo por base um pedido por escrito apresentando tal necessidade.

Se o senhor desejar responder em pessoa, pode marcar um horário com Ellen Normell, Chefe de Pessoal da Seção de Serviços, ou K. T. Shamus, Diretor do Escritório dos Funcionários, pelo telefone 289-2222.

Após a expiração do limite de dez (10) dias para sua resposta, todos os aspectos deste caso, incluindo qualquer resposta que o senhor possa ter submetido, serão inteiramente considerados antes que uma decisão seja tomada. Uma decisão lhe será enviada por escrito. Se a decisão for adversa, a carta com a decisão o advertirá da razão ou das razões relativas à tomada da decisão.

3

DEPARTAMENTO DOS CORREIOS
ASSUNTO: Notificação de Decisão
AO: Sr. Henry Chinaski

Esta tem por referência a carta de 17 de agosto de 1969, propondo sua suspensão sem pagamento por três dias ou outra medida disciplinar, baseada na Acusação Nº 1, anteriormente especificada. Até agora nenhuma resposta a essa carta foi recebida. Depois de exame cuidadoso da acusação, decidiu-se que a Acusação Nº 1, que está apoiada em fortes evidências, será mantida, autorizando a sua suspensão. De acordo com isso, o senhor será suspenso de suas atividades, sem pagamento, por um período de três (3) dias.

Seu primeiro dia de suspensão será em 17 de novembro de 1969, e o último, em 19 de novembro de 1969.

A natureza de sua folha de serviços, como informamos em detalhe na notificação de proposta de advertência, também foi considerada quando da decisão sobre a penalidade a ser imposta.

O senhor tem o direito de apelar desta decisão ao Departamento dos Correios ou à Comissão de Serviço Civil dos Estados Unidos, ou primeiramente ao Departamento dos Correios e depois ao Departamento de Serviço Civil e depois à Comissão de Serviço Civil de acordo com o seguinte procedimento:

> Se o senhor apelar primeiro para a Comissão de Serviço Civil, não terá direito de apelar ao Departamento dos

Correios. Um apelo à Comissão de Serviço Civil deve ser endereçado ao Diretor Regional, Região de São Francisco, Comissão de Serviço Civil dos EUA, Avenida Golden Gate, 450, Caixa Postal 36010, São Francisco, Califórnia, 94102. Seu apelo deve (a) ser por escrito, (b) apresentar suas razões para contestar a suspensão, com tal riqueza de provas e documentos quanto seja possível enviar, (c) ser submetido antes de quinze dias da data efetiva de sua suspensão. A Comissão, diante de uma apelação adequada, irá rever a ação apenas para determinar se os procedimentos normais foram seguidos, a menos que o senhor apresente uma declaração juramentada alegando que a decisão foi tomada por razões políticas, exceto se esta tiver sido requerida por lei, ou tiver resultado de discriminação por estado civil ou problemas de deficiência física. Se o senhor apelar ao Departamento dos Correios, não estará apto a apelar à Comissão até que uma primeira decisão tenha sido tomada pelo Departamento com respeito à sua apelação. A esta altura, o senhor poderá prosseguir sua apelação em esferas mais elevadas no Departamento dos Correios ou apelar à Comissão. Contudo, se nenhuma decisão em primeira instância for tomada dentro de um prazo de sessenta dias após sua proposta ter sido preenchida, o senhor pode escolher encerrar sua apelação ao Departamento apelando diretamente à Comissão.

Se apelar ao Departamento dos Correios em um prazo de dez (10) dias úteis do recebimento da notificação dessa decisão, sua suspensão não terá efeito até que tenha recebido uma decisão sobre sua apelação do Diretor Regional do Departamento dos Correios. Depois disso, se apelar ao Departamento, o senhor tem o direito de ser acompanhado, representado ou aconselhado por um representante de sua própria escolha. O senhor e seu representante estarão livres de restrição, interferência, coerção, discriminação ou represália. O senhor e seu representante terão ainda a concessão de um prazo oficial razoável para prepararem sua apresentação.

Uma apelação ao Departamento dos Correios pode ser enviada, a qualquer tempo, após o recebimento desta notificação, mas nunca depois de quinze dias úteis da data efetiva da suspensão. Sua carta deve incluir um pedido de audiência ou uma declaração de que a audiência não é necessária. A apelação deve ser endereçada a:

Diretor Regional
Departamento dos Correios
Rua Howard, 631
São Francisco, Califórnia 94106

Se o senhor fizer um apelo ao Diretor Regional ou à Comissão de Serviço Civil, forneça-me uma cópia assinada da apelação ao mesmo tempo em que for enviada ao Diretor Regional ou à Comissão de Serviço Civil.

Se o senhor tiver alguma pergunta sobre os procedimentos de apelação, pode entrar em contato com Richard N. Marth, Assistente de Benefícios e Serviços aos Empregados, na Seção de Empregos e Serviços, Escritório de Pessoal, Sala 2205, Prédio Central, Rua North Los Angeles, 300; das 8h30 às 16h30 da tarde, de segunda a sexta-feira.

4

DEPARTAMENTO DOS CORREIOS
ASSUNTO: Notificação de Proposta de Medida Disciplinar
AO: Sr. Henry Chinaski

Este é um aviso prévio de que foi proposto demiti-lo do Serviço dos Correios ou tomar qualquer outra ação disciplinar que se determine apropriada. A ação proposta tem por vista promover a eficiência do Serviço dos Correios e será efetivada não antes de 35 dias do recebimento desta notificação.

As acusações e os motivos em que se baseiam as acusações contra o senhor são:

ACUSAÇÃO Nº 1
O senhor é acusado de estar ausente sem pedido de licença nas seguintes datas:

25 de Setembro de 1969 – 4 horas
28 de Setembro de 1969 – 8 horas
29 de Setembro de 1969 – 8 horas
5 de Outubro de 1969 – 8 horas
6 de Outubro de 1969 – 4 horas
7 de Outubro de 1969 – 4 horas
13 de Outubro de 1969 – 5 horas
15 de Outubro de 1969 – 4 horas
16 de Outubro de 1969 – 8 horas
19 de Outubro de 1969 – 8 horas
23 de Outubro de 1969 – 4 horas
29 de Outubro de 1969 – 4 horas
4 de Novembro de 1969 – 8 horas
6 de Novembro de 1969 – 4 horas
12 de Novembro de 1969 – 4 horas
13 de Novembro de 1969 – 8 horas

A somar-se ao acima citado, os seguintes elementos de sua folha de serviços serão levados em consideração para determinar a extensão da medida disciplinar a ser adotada, caso a presente acusação seja mantida:

O senhor recebeu uma carta de advertência em 1º de abril de 1969, por estar ausente sem pedido de licença.

O senhor recebeu uma notificação de proposta de medida disciplinar em 17 de agosto de 1969, por estar ausente sem pedido de licença. Como resultado dessa acusação, o senhor foi suspenso do trabalho durante três dias sem direito a pagamento, de 17 de novembro a 19 de novembro de 1969.

O senhor tem o direito de responder em pessoa à acusação ou por escrito, ou de ambas as maneiras, e ser acompanhado por um representante de sua própria escolha. Sua resposta deve ser feita em um prazo de dez dias úteis a partir do recebimento desta notificação. O senhor também pode submeter depoimentos juramentados como apoio à sua resposta. Qualquer resposta por escrito deve ser enviada à Direção dos Correios, Los Angeles, Califórnia, 90052. Se for necessário um tempo adicional para submeter a sua resposta, este será considerado tendo por base um pedido por escrito apresentando tal necessidade.

Se o senhor desejar responder em pessoa, pode marcar um horário com Ellen Normell, Chefe de Pessoal da Seção de Serviços, ou K. T. Shamus, Diretor de Serviço dos Funcionários, pelo telefone 289-2222.

Após a expiração do prazo de dez dias para sua resposta, todos os fatos de seu caso, incluindo qualquer resposta que o senhor possa submeter, serão inteiramente considerados antes que uma decisão seja tomada. Uma decisão lhe será enviada por escrito. Se a decisão for adversa, a carta com a decisão o advertirá da razão ou das razões relativas à tomada da decisão.

SEIS

I

Eu estava sentado junto a uma jovem que não sabia o seu esquema muito bem.

– Para onde vai a Roteford nº 2900? – ela me perguntou.

– Tente encaixar no 33 – eu disse.

O supervisor falava com ela.

– Você disse que é de Kansas City? Meus pais são de Kansas City.

– É mesmo?

Então ela me perguntou:

– E que tal a Meyers, 8.400?

– Mande para o 18.

Ela estava um pouco acima do peso, mas era das boas. Deixei passar. Eu estava cansado de mulheres por um tempo.

O supervisor estava parado de pé, bem perto dela.

– Você mora longe do trabalho?

– Não.

– Gosta do seu trabalho?

– Ah, sim.

Ela se virou para mim.

– E a Albany, 6.200?

– 16.

Quando terminei meu lote, o supervisor falou comigo:

– Chinaski, contei seu tempo naquele lote. Foram 28 minutos.

Não respondi.

– Sabe qual é o tempo padrão para aquele lote?

– Não, não sei.

– Há quanto tempo está aqui?

– Onze anos.

– Está aqui há onze anos e não sabe qual é o tempo padrão?

– Exato.

– Você carimba as cartas como se não desse a mínima.

A garota ainda tinha uma pilha cheia na frente dela. Tínhamos começado nossas pilhas juntos.

– E você não parou de conversar com essa funcionária ao seu lado.

Acendi um cigarro.

– Chinaski, venha aqui um minuto.

Ele parou em frente às caixas de latão e apontou. Todos os funcionários estavam carimbando bem rápido agora. Fiquei a observar o modo como moviam freneticamente seus braços direitos. Até a gorducha estava sentando a mão.

– Vê aqueles números pintados na base da caixa?

– Sim.

– Aqueles números indicam o número de peças que devem ser carimbadas num minuto. Uma pilha de sessenta centímetros deve ser carimbada em 23 minutos. Você ultrapassou o tempo em cinco minutos.

Ele apontou para o número 23.

– O padrão é 23 minutos.

– Aquele 23 não significa coisa nenhuma – eu disse.

– Como é que é?

– Quero dizer que algum cara veio e pintou esse 23 com uma lata de tinta.

– Não, não, esse tempo foi testado e retestado ao longo dos anos.

De que adiantava contestar? Não respondi.

– Vou ser obrigado a pôr você no relatório, Chinaski. Será julgado por isso.

Voltei e me sentei. Onze anos! Não tinha dez centavos a mais no meu bolso do que quando entrara ali pela primeira vez. Onze anos. Embora cada noite tivesse sido longa, os anos tinham passado rápido. Talvez por se tratar de um serviço noturno. Ou por fazer a mesma coisa vez após vez. Ao menos com o Stone eu nunca sabia o que esperar. Aqui não havia qualquer surpresa.

Onze anos como um tiro na cabeça. Eu tinha visto o emprego devorar os homens. Eles pareciam derreter. Lá estava Jimmy Potts do Posto Dorsey. Da primeira vez que cheguei lá, Jimmy era um cara musculoso em sua camiseta branca. Agora estava liquidado. Colocava seu banco o mais próximo do chão possível, e se agarrava para não cair. Vivia de tal maneira cansado que já nem cortava o cabelo e usava as mesmas calças há três anos. Trocava as camisas duas vezes por semana e caminhava bem devagar. Tinham-no assassinado. Estava com 55 anos. Faltavam sete para ele se aposentar.

– Nunca vou conseguir – ele me disse.

Ou derretiam ou engordavam, enormes, especialmente na bunda e na barriga. Era o banquinho, e os mesmos movimentos e a mesma conversa. E lá estava eu, sofrendo de tonturas e dores nos braços, pescoço, peito, por toda parte. Dormia o dia para conseguir descansar e estar apto ao trabalho. Nos fins de semana, tinha de beber para esquecer a rotina. Eu pesava 83 quilos quando cheguei. Agora estava com 101 quilos. A única coisa que você mexia por ali era o braço direito.

2

Entrei no escritório do Conselho. Lá estava Eddie Beaver, atrás de sua mesa. Os funcionários o apelidaram de "Castor Magrelo". Tinha uma cabeça pontuda, um nariz pontudo, um queixo pontudo. Era um tipo pontiagudo. Em todos os aspectos.

– Sente-se, Chinaski.

Beaver tinha alguns papéis na mão. Pôs-se a lê-los.

– Chinaski, você precisou de 28 minutos para acabar uma caixa de 23 minutos.

– Ah, não vem me aplicar essa papagaiada! Estou cansado.

– O quê?

– Eu disse, não me venha com essa papagaiada! Me deixe assinar esse papel e voltar ao trabalho. Não quero ouvir sua lenga-lenga.

– Estou aqui para aconselhá-lo, Chinaski!

Suspirei.

– Tudo bem. Vá em frente. Vamos ouvir.

– Temos um cronograma a cumprir, Chinaski.

– Ô.

– E quando não se cumpre o cronograma, isso significa que alguém mais terá de carimbar essas cartas por você. Isso significa horas extras.

– Você quer dizer que sou o responsável por essas três horas e meia a mais que solicitam quase todas as noites?

– Olhe, você levou 28 minutos numa caixa de 23. E isso é tudo o que interessa.

– Você sabe melhor do que eu. Cada caixa tem sessenta centímetros de comprimento. Algumas caixas têm até três ou quatro vezes mais cartas do que outras. Os funcionários agarram o que eles chamam de caixas "gordas". Eu não me importo. Alguém tem de pegar no pesado. Mas tudo o que vocês sabem é que cada caixa mede sessenta centímetros de comprimento e que tem de ser esvaziada em 23 minutos. Acontece que não arrumamos tudo de uma vez, é preciso carimbar as cartas.

– Não, não, tudo isso já foi testado.

– Pode ser que sim. Mas eu duvido. Em todo caso, se você for cronometrar o tempo de alguém, não o julgue por *uma* caixa. Até mesmo Babe Ruth errava de vez em quando. Julgue um homem por dez caixas, ou por uma noite de trabalho. Vocês usam essas coisas para mandar para a forca qualquer cara que caia nas garras de vocês.

– Tudo bem, Chinaski. Você já disse o que tinha para dizer. Agora é a minha vez: você levou 28 minutos numa caixa. *Nós* nos apoiamos nisso. AGORA, se você for pego mais uma vez atrasado, será chamado para CONSELHOS AVANÇADOS!

– Está bem, mas posso fazer uma pergunta?

– Prossiga.

– Suponha que eu pegue uma caixa fácil. De vez em quando eu pego. Às vezes termino uma caixa em cinco ou oito minutos. Digamos que termine uma caixa em oito minutos. De acordo com os padrões de tempo testados, eu teria economizado quinze minutos aos Correios. Será, então, que posso pegar esses quinze minutos e descer até o refeitório, comer um pedaço de torta com sorvete, assistir tevê e voltar?

– NÃO! VOCÊ DEVE AGARRAR UMA CAIXA IMEDIATAMENTE E COMEÇAR A CARIMBAR CARTAS!

Assinei um papel dizendo que fora aconselhado. Em seguida o Castor Magrelo assinou minha dispensa, escreveu a hora e me mandou de volta para meu banquinho para carimbar mais cartas.

3

Mas havia um pouco de ação. Um cara foi flagrado na mesma escadaria em que eu tinha me trancado. Foi pego lá com a cabeça debaixo da saia de uma garota. Então uma das garotas que trabalhava no refeitório reclamou que não tinha sido paga conforme prometido, por um pouco de sexo oral que ela tinha praticado com um gerente de seção e três carteiros. Demitiram a garota e os três carteiros e rebaixaram o gerente a supervisor.

Foi quando botei fogo nos Correios.

Eu havia sido mandado para as correspondências de quarta categoria e estava fumando um charuto, tirando um maço de correspondências de um carrinho quando um cara se aproximou e disse:

– EI, SUAS CARTAS ESTÃO PEGANDO FOGO!

Olhei em volta. Ali estava. Uma pequena chama começava a se erguer como uma cobra bailarina. Evidentemente, um pouco de cinza em brasa do charuto tinha caído ali antes.

– Puta merda!

A chama se alastrou depressa. Peguei um catálogo e, mantendo-o esticado, bati sobre o foco. Faíscas voaram. Estava quente. Tão logo apaguei uma parte, outra pegou fogo.

Escutei uma voz:

– Ei! Sinto cheiro de fogo!

– NÃO SE SENTE CHEIRO DE FOGO – gritei –, SENTE-SE CHEIRO DE FUMAÇA!

– Acho que vou dar o fora daqui!

– Foda-se, então – gritei –, DÊ O FORA!

As chamas queimavam minhas mãos. Eu *tinha* que salvar os Correios dos Estados Unidos, todo aquele lixo de correspondências de quarta classe.

Finalmente, consegui controlar o incêndio. Usando o pé, empurrei a pilha inteira de papéis para o chão e pisei no último foco de cinza vermelha.

O supervisor se aproximou para me dizer alguma coisa. Fiquei ali parado, o catálogo queimado na mão, a esperá-lo. Ele me olhou e se afastou.

Depois disso, retomei a organização daquele lixo de correspondência de quarta classe. Separava tudo que estivesse queimado.

Meu charuto tinha morrido. Não voltei a acendê-lo.

Minhas mãos começaram a doer e fui até o bebedor, coloquei-as debaixo d'água. Não ajudou.

Encontrei o supervisor e pedi-lhe uma dispensa para ir até a sala da enfermeira.

Era a mesma que costumava ir à minha porta perguntar:

– Qual é o problema agora, sr. Chinaski?

Quando entrei, ela disse a mesma coisa de novo.

– Lembra-se de mim, não é? – perguntei.

– Ah, sim, sei que o senhor teve umas noites realmente doentes.

– Ô – eu disse.

– Ainda há mulheres lá no seu apartamento? – perguntou.

– Sim. Há homens no seu?

– Tudo bem, sr. Chinaski, o que o traz aqui?

– Queimei minhas mãos.

– Deixe eu ver. Como queimou as mãos?

– Isso importa? Elas estão queimadas.

Ela começou a passar alguma coisa nas minhas mãos. Um de seus peitos roçou em mim.

– Como aconteceu, Henry?

– Charuto. Eu estava parado perto de um carrinho da quarta classe. Deve ter caído brasa ali dentro. As chamas subiram.

O peito voltou a roçar em mim.

– Mantenha suas mãos paradas, *por favor*!

Então ela apoiou todo o flanco contra mim enquanto espalhava uma pomada em minhas mãos. Eu estava sentado num banco.

– Qual é o problema, Henry? Você parece nervoso.

– Bem... você sabe como é, Martha.

– Meu nome *não* é Martha. É Helen.

– Vamos nos casar, Helen?

– O quê?

– Quero dizer, quando vou poder voltar a usar minhas mãos?

– Pode usá-las agora mesmo se tiver vontade.

– O quê?

– Quero dizer, no trabalho.

Ela as enrolou com umas gazes.

– Sinto-me melhor – eu disse.

– Você não devia queimar as cartas assim.

– Era só lixo.

– Toda correspondência é importante.

– Tudo bem, Helen.

Ela voltou à sua mesa e eu a segui. Preencheu a folha de dispensa. Estava muito bonita em seu pequeno chapéu branco. Eu teria de encontrar um jeito de voltar aqui.

Ela me viu olhando para seu corpo.

– Muito bem, sr. Chinaski, acho que é melhor o senhor ir agora.

– Ah, sim... Bem, obrigado por tudo.

– Faz parte do serviço.

– Claro.

Uma semana depois havia placas de PROIBIDO FUMAR NESTA ÁREA em toda parte. Os funcionários não podiam fumar, a não ser que usassem cinzeiros.

Alguém tinha sido contratado para fazer todos esses cinzeiros. Eram bacanas. E diziam: PROPRIEDADE DO GOVERNO DOS ESTADOS UNIDOS. Os funcionários roubaram grande parte deles.

PROIBIDO FUMAR.

Sozinho, eu, Henry Chinaski, tinha feito uma revolução no sistema dos Correios.

4

Então alguns homens apareceram e arrancaram todos os bebedores.

– Ei, veja, que merda esses caras estão fazendo? – perguntei.

Ninguém parecia interessado.

Eu estava na seção da terceira categoria. Fui até outro funcionário.

– Veja! – eu disse. – Estão levando nossa água embora!

Ele deu uma olhada na direção do bebedor e voltou a carimbar suas cartas de terceira categoria.

Tentei com outros funcionários. Revelaram o mesmo desinteresse. Eu não conseguia entender aquilo.

Pedi para que mandassem o cara do sindicato designado para minha área.

Depois de um longo atraso, eis que o sujeito apareceu – Parker Anderson. Parker costumava dormir em um velho carro e se lavava e fazia a barba e cagava em postos de gasolina que não trancavam seus banheiros. Parker tinha tentado a vida de gigolô, mas fracassara. Depois disso, tinha vindo para a Central dos Correios, entrado para o sindicato, ido às reuniões dos sindicalistas onde terminou por se tornar um dos cabeças. Logo já era um representante do sindicato e depois foi eleito vice-presidente.

– Qual é o problema, Hank? Sei que você não precisa de *mim* para lidar com seus superiores!

– Não venha dar uma de vaselina para cima de mim, baby. Escute, venho pagando as taxas do sindicato há quase doze anos e nunca pedi porra nenhuma!

– Tudo bem, o que está pegando?

– São os bebedores.

– Os bebedores estão com problema?

– Não, caralho, os bebedores estão bem. O problema é o que estão fazendo com eles. Veja

– Veja o quê? Onde?

– *Lá*!

– Não vejo nada.

– É esta a verdadeira natureza do que me deixa puto da cara. Costumava haver um bebedor ali.

– Então o levaram. E que porra isso importa?

– Olhe, Parker, não me importaria caso fosse um. Mas estão arrancado todos os *outros* bebedores do prédio. Se não pararmos a ação deles agora, logo estarão fechando até os banheiros e... bem... o que virá depois... não sei...

– Tudo bem – disse Parker –, o que você quer que eu faça?

– Quero que você mexa esse seu rabo e descubra por que os bebedores estão sendo removidos.

– Está bem. Encontro você amanhã.

– E faça seu trabalho. Doze anos de taxas de sindicato são 312 dólares.

No dia seguinte tive de procurar o Parker. Ele ainda não tinha a resposta. Também não a tinha no dia seguinte e no outro depois desse. Disse a Parker que estava cansado de esperar. Dei-lhe um ultimato: mais um dia.

No dia seguinte, aproximou-se de mim no espaço em que fazíamos o intervalo.

– Está tudo certo, Chinaski, descobri o que está acontecendo.

– E aí?

– Em 1912, quando este prédio foi construído...

– Em 1912? Mas isso é mais de meio século! Não é de admirar que esse lugar se pareça com o puteiro do Kaiser!

– Vamos, pare com isso. Escute, em 1912, quando o prédio foi construído, o contrato exigia a instalação de um *certo* número de bebedores. Ao revisar o documento, no entanto, os Correios descobriram que havia o *dobro* de bebedores previstos no contrato original.

– Sim, tudo bem – eu disse –, mas que mal pode haver em termos o dobro de bebedores? Os empregados só vão beber muita água.

– Certo. Mas os bebedores atrapalham um pouco a passagem. Ficam no meio do caminho.

– E?

– Escute. Suponha que um funcionário dê uma trombada em um bebedor. Suponha depois que ele arrume um advogado astuto. Imagine mais, que ele tenha sido prensado contra o bebedor por um carrinho cheio de enormes sacos de revistas.

– Agora entendo. O bebedor não deveria estar ali. Os Correios são processados por negligência.

– É bucha!

– Está certo. Obrigado, Parker.

– Ao seu dispor.

Se ele tivesse inventado aquilo, era uma história que quase valia os 312 dólares. Já vi coisas bem piores publicadas na *Playboy*.

5

Descobri que a única maneira de evitar as tonturas era levantar de vez em quando e dar uma caminhada.

Fazzio, um supervisor que cuidava do posto naquele momento, me viu quando eu ia a um dos raros bebedores.

– Olhe, Chinaski, toda vez que te vejo, você está caminhando!

– Isso não é nada – eu disse –, toda vez que te vejo, você está caminhando.

– Mas isso é parte do meu trabalho. Caminhar é parte do meu trabalho. Tenho que fazer isso.

– Veja – eu disse –, também faz parte do meu trabalho. Tenho que fazer isso. Se fico naquele banco mais tempo, termino escorregando em cima daquelas caixas de latão e começo a correr em círculos, assobiando *Dixie* pelo cu e *Mammy's Little Children Love Shortnin' Bread* pelo buraco da cabeça do pau.

– Tudo bem, Chinaski, esqueça.

6

Certa noite eu vinha pelo corredor, depois de escapulir até o refeitório para comprar um maço de cigarros. E lá estava um rosto que eu conhecia.

Era Tom Moto! O cara com quem tinha estagiado nos tempos do Stone!

– Moto, seu filho da puta! – eu disse.

– Hank! – ele disse.

Trocamos um aperto de mãos.

– Ei, estava pensando em você! Jonstone está se aposentando este mês. Alguns de nós vão dar uma festa de despedida para ele. Você sabe, ele sempre gostou de pescar. Vamos levá-lo para um passeio num barco a remo. Talvez você queira vir junto para jogá-lo da borda, dar-lhe um caldo. Arranjamos um lago bem fundo.

– Não, caralho, não quero nem olhar para ele.

– Mas você está *convidado.*

Moto ria um riso estranho, que ia do cu às sobrancelhas. Então olhei para sua camisa: uma insígnia de supervisor.

– Ah, não, Tom.

– Hank, tenho quatro filhos. Precisam de mim para o pão com manteiga.

– Tudo bem, Tom – eu disse.

Depois disso, me afastei.

7

Não sei como as pessoas resolvem essas coisas. Eu tinha que pagar uma pensão, precisava de grana para beber, para o aluguel, comprar sapatos, camisas, meias, todas essas coisas. Como todo mundo, precisava de um carro velho, de algo para comer, todos os pequenos gastos em coisas supérfluas.

Como mulheres.

Ou um dia no hipódromo.

Com todas essas coisas enfileiradas e nenhuma rota de fuga, você nem pensa nisso.

Estacionei o carro do outro lado da rua da Central e fiquei esperando o sinal mudar. Atravessei. Empurrei a porta giratória. Era como se eu fosse um pedaço de ferro atraído por um ímã. Não havia nada que eu pudesse fazer.

Era no segundo andar. Abri a porta e eles já estavam lá. Os empregados do Correio Central. Reparei em uma garota, coitadinha, que tinha apenas um braço. Ficaria ali para sempre. Era como ser um velho bebum como eu.

Bem, como diziam os rapazes, você tinha que trabalhar em algum lugar. Então aceitavam o que aparecesse. Essa era a sabedoria do escravo.

Uma jovem negra se aproximou. Estava bem-vestida e satisfeita com o mundo ao seu redor. Eu estava feliz por ela. Eu teria enlouquecido nesse emprego.

– Pois não? – perguntou.

– Sou funcionário dos Correios – eu disse – e quero me demitir.

Ela se inclinou para baixo do balcão e voltou a aparecer com um maço de papéis.

– Todos esses?

Ela sorriu:

– Está seguro de como preenchê-los?

– Não se preocupe – eu disse –, sei o que fazer.

8

Era preciso preencher mais papéis para sair de lá do que para entrar.

A primeira folha que lhe davam era uma consideração pessoal, mimeografada, do Diretor dos Correios da cidade.

Começava assim:

"Sinto muito que esteja terminando sua carreira nos Correios e... etc., etc., etc."

Como ele podia sentir? Nem me conhecia.

Havia uma lista de perguntas.

"Você achou os nossos supervisores compreensivos? Foi capaz de se relacionar com eles?"

Sim, respondi.

"Você descobriu nos supervisores algum tipo de preconceito em relação a cor, religião, formação ou qualquer outro fator relacionado?"

Não, respondi.

Então havia uma que dizia: "Você aconselharia seus amigos a procurar emprego nos Correios?".

Claro, respondi.

"Se você tem alguma decepção ou reclamações a fazer sobre os Correios, por favor, liste-as em detalhe no verso desta página."

Nenhum descontentamento, respondi.

Então minha garota negra voltou.

– Já terminou?

– Terminei.

– Nunca vi ninguém preencher tão rápido esses papéis.

– Depressa – eu disse.

– Depressa? – perguntou. – O que quer dizer com isso?

– Quero dizer, o que temos de fazer agora?

– Por favor, passe por aqui.

Segui seu rabo por entre as mesas até um lugar quase nos fundos do prédio.

– Sente-se – disse um homem.

Levou algum tempo lendo e percorrendo os papéis. Então olhou para mim.

– Posso perguntar por que está se demitindo? Há alguma relação com as medidas disciplinares adotadas contra o senhor?

– Não.

– Então qual é o motivo de seu pedido de demissão?

– Quero me dedicar a outra carreira.

– Outra carreira?

Ele me olhou. Eu estava a menos de oito meses de completar cinquenta anos. Sabia o que ele estava pensando.

– Posso perguntar qual será essa sua "carreira"?

– Bem, senhor, vou lhe dizer. A estação de caça nas nascentes se estende apenas de dezembro a fevereiro. Já perdi quase um mês.

– Um mês? Mas o senhor está aqui há onze anos.

– Tudo bem, então, joguei onze anos fora. Ainda consigo pegar de dez a vinte mil em três meses de caça na nascente de La Fourche.

– O que o senhor faz?

– Capturo ratos almiscarados, nútria, marta, lontra ... guaxinim. Tudo de que preciso é de uma canoa. Pago vinte por cento do que capturar pelo uso da terra. Recebo 1,25 pelas peles de rato almiscarado, três dólares por marta, quatro dólares por martas superiores, 1,50 por nútria e 25 dólares por lontra. Eu vendo a carcaça do rato almiscarado, que tem cerca de trinta centímetros, por cinco centavos para uma fábrica de comida para gatos. Consigo 25 centavos pela nútria despelada. Crio porcos, galinhas e patos. Pesco bagres. Não há nada como isso. Eu...

– Esqueça, sr. Chinaski, já é o suficiente.

Enfiou alguns papéis na máquina de escrever e os datilografou.

Então ergui os olhos e dei de cara com Parker Anderson, meu cara no sindicato, o bom e velho Parker, que fazia a barba e cagava em postos de gasolina, dava-me agora seu sorrisinho malicioso de político.

– Está pedindo demissão, Hank? *Sabia* que você estava maquinando alguma coisa há onze anos...

– Sim, estou indo para o sul da Louisiana e vou juntar uma boa quantidade de riquezas.

– Eles têm um hipódromo por lá?

– Está de brincadeira? Tem o Fair Grounds, um dos mais antigos hipódromos do país!

Parker tinha consigo um garoto branco – outro neurótico da tribo dos perdidos –, e os olhos do garoto estavam cobertos de lágrimas. Uma enorme lágrima em cada olho. Elas não caíam. Era fascinante. Já tinha visto mulheres se sentarem e me olharem com aqueles mesmos olhos antes de enlouquecerem e começarem a gritar sobre o grande filho da puta que eu era. Era evidente que o garoto tinha caído em uma das muitas armadilhas e que tinha ido correndo até o Parker. Parker poderia salvar seu emprego.

O homem me deu mais um papel para assinar e, depois disso, me mandei dali.

Parker disse:

– Boa sorte, meu velho – quando passei por ele.

– Obrigado, baby – respondi.

Não *senti* qualquer diferença. Mas sabia que muito em breve, como um homem resgatado rapidamente das profundezas do mar, eu seria vítima de um tipo de descompressão bem particular. Eu era como aqueles periquitos desgraçados da Joyce. Depois de viver na gaiola eu tinha saído para o ar livre e voava – como uma bala em direção aos céus. Aos céus?

9

Comecei o processo de descompressão. Me embebedei e permaneci mais bêbado que um gambá cagado no Purgatório. Cheguei a estar até com a faca de açougueiro na garganta uma noite na cozinha, e então pensei, calma, meu velho, sua garotinha pode querer que você a leve ao zoológico. Picolés, chimpanzés, tigres, pássaros verdes e vermelhos, e o sol incidindo seus raios na cabecinha dela, nos pelos de seus braços, pegue leve, meu velho.

Quando voltei a mim, estava na sala do meu apartamento, cuspindo no tapete e apagando cigarros nos pulsos, dando risadas. Louco como a lebre de *Alice no País das Maravilhas*. Levantei a cabeça e ali estava este aspirante a médico. Entre nós, um coração humano boiava dentro de um jarro caseiro colocado sobre a mesinha. Em volta do coração humano – que estava etiquetado com o nome de seu ex-dono, "Francis" – havia garrafas de bourbon e scotch pela metade, uma pilha de garrafas de cerveja, cinzeiros, lixo. Eu pegava uma garrafa e engolia uma mistura dos infernos de cerveja e cinza. Eu não comia nada havia duas semanas. Um infindável número de pessoas tinha ido e vindo. Tinham ocorrido umas sete ou oito festas loucas onde eu não parava de pedir:

– Mais bebida! Mais bebida! Mais bebida!

Eu estava em meu voo em direção aos céus; os outros só ficavam conversando – e pondo seus dedos aqui e acolá.

– E aí – perguntei ao aspirante a médico –, o que você quer comigo?

– Serei o seu médico particular.

– Tudo bem, doutor, a primeira coisa que quero que você faça é tirar esse maldito coração humano daqui!

– Nã, nã...

– O quê?

– O coração fica aqui.

– Olhe, cara, não sei seu nome…

– Wilbert.

– Muito bem, Wilbert, não sei quem você é ou como chegou aqui, mas quero que leve o "Francis" com você.

– Não, ele fica com você.

Então ele pegou sua pequena mochila e a braçadeira de medir pressão e apertou a borracha até inflá-la.

– Sua pressão é a de um cara de dezenove anos – ele disse.

– Quem se importa. Veja, não é contra a lei deixar corações humanos espalhados por aí?

– Voltarei para pegá-lo. Agora respire *fundo*!

– Achei que os Correios iriam me levar à loucura. E agora tenho de aguentar você.

– Quieto! Respire *fundo*!

– Preciso de um bom rabo jovem, doutor. É isso que está errado comigo.

– Sua coluna está fora de lugar em catorze lugares, Chinaski. Isso gera tensão, imbecilidade e, muitas vezes, loucura.

– Grande merda – eu disse...

Não me lembro da saída daquele gentil-homem. Acordei no meu sofá às 13h10, morte na tarde, e estava quente, o sol penetrando através de minhas cortinas puídas para descansar sobre o pote no centro da mesinha. "Francis" tinha ficado comigo a noite inteira, cozinhando em uma salmoura alcoólica, nadando na extensão mucosa da diástole morta. Assentado ali no pote.

Parecia um frango frito. Quero dizer, um frango antes de sua fritura. Exatamente.

Peguei-o e o coloquei no meu armário e o cobri com uma camisa rasgada. Depois fui ao banheiro e vomitei. Terminei, grudei minha cara contra o espelho. Havia longos pelos negros brotando de todo meu rosto. De súbito, tive que sentar e cagar. Foi daquelas boas e quentes.

A campainha soou. Acabei de limpar a bunda, vesti umas roupas velhas e fui até a porta.

– Olá?

Havia um cara jovem ali, longos cabelos loiros que pendiam em volta do rosto, e uma garota negra que ficava rindo sem parar, como se fosse doida.

– Hank?

– Sim. Quem são vocês?

– Ela é uma mulher. Não se lembra da gente? Da festa? Trouxemos uma flor para você.

– Caralho, entrem.

Eles traziam uma flor, uma coisa laranja com uma haste verde. Aquilo fazia mais sentido que muitas coisas, exceto pelo fato de que estava morta. Encontrei um vaso, pus a flor nele, apanhei um garrafão de vinho e o coloquei sobre a mesa de centro.

– Você não se lembra dela? – o garoto perguntou. – Você disse que queria trepar com ela.

A garota sorriu.

– É uma belezura, mas não agora.

– Chinaski, como você vai se virar sem os Correios?

– Não sei. Talvez eu trepe contigo. Ou deixe você me comer. Diabos, não faço a menor ideia.

– Você pode dormir lá no nosso apartamento.

– Posso olhar vocês dois treparem?

– Claro.

Bebemos. Eu havia esquecido seus nomes. Mostrei-lhes o coração. Pedi que levassem aquela coisa horrível com eles. Não tive coragem de jogá-lo fora, o estudante poderia precisar dele para um exame ou no caso de expirar o empréstimo da biblioteca da medicina, algo do gênero.

E assim saímos para dar uma volta e vimos um show de nudez no chão, entre bebidas, gritos e gargalhadas. Não sei quem tinha o dinheiro, mas acho que ele tinha a maior parte, o que era bom para variar, e eu continuei rindo e apertando a bunda da garota e também a cintura e beijando-a, ninguém dava a mínima. Enquanto o dinheiro durasse, você durava.

Eles me levaram de volta de carro e ele se foi com ela. Entrei, disse adeus da porta, liguei o rádio, achei uma garrafinha de scotch, bebi o que havia nela, me sentindo bem, finalmente relaxado, livre, queimando meus dedos em baganas de charuto, então fui para a cama, cheguei junto ao colchão, desabei, caí sobre a colcha, dormi, dormi, dormi...

***

De manhã, ao acordar, a manhã seguia ali, e eu ainda estava vivo.

Talvez eu devesse escrever um romance, pensei.

E foi o que fiz.

Coleção L&PM POCKET

ÚLTIMOS LANÇAMENTOS

1000.**Diários de Andy Warhol (1)** – Editado por Pat Hackett
1001.**Diários de Andy Warhol (2)** – Editado por Pat Hackett
1002.**Cartier-Bresson: o olhar do século** – Pierre Assouline
1003.**As melhores histórias da mitologia: vol. 1** – A.S. Franchini e Carmen Seganfredo
1004.**As melhores histórias da mitologia: vol. 2** – A.S. Franchini e Carmen Seganfredo
1005.**Assassinato no beco** – Agatha Christie
1006.**Convite para um homicídio** – Agatha Christie
1008.**História da vida** – Michael J. Benton
1009.**Jung** – Anthony Stevens
1010.**Arsène Lupin, ladrão de casaca** – Maurice Leblanc
1011.**Dublinenses** – James Joyce
1012.**120 tirinhas da Turma da Mônica** – Mauricio de Sousa
1013.**Antologia poética** – Fernando Pessoa
1014.**A aventura de um cliente ilustre** ***seguido de*** **O último adeus de Sherlock Holmes** – Sir Arthur Conan Doyle
1015.**Cenas de Nova York** – Jack Kerouac
1016.**A corista** – Anton Tchékhov
1017.**O diabo** – Leon Tolstói
1018.**Fábulas chinesas** – Sérgio Capparelli e Márcia Schmaltz
1019.**O gato do Brasil** – Sir Arthur Conan Doyle
1020.**Missa do Galo** – Machado de Assis
1021.**O mistério de Marie Rogêt** – Edgar Allan Poe
1022.**A mulher mais linda da cidade** – Bukowski
1023.**O retrato** – Nicolai Gogol
1024.**O conflito** – Agatha Christie
1025.**Os primeiros casos de Poirot** – Agatha Christie
1027(25).**Beethoven** – Bernard Fauconnier
1028.**Platão** – Julia Annas
1029.**Cleo e Daniel** – Roberto Freire
1030.**Til** – José de Alencar
1031.**Viagens na minha terra** – Almeida Garrett
1032.**Profissões para mulheres e outros artigos feministas** – Virginia Woolf
1033.**Mrs. Dalloway** – Virginia Woolf
1034.**O cão da morte** – Agatha Christie
1035.**Tragédia em três atos** – Agatha Christie
1037.**O fantasma da Ópera** – Gaston Leroux
1038.**Evolução** – Brian e Deborah Charlesworth
1039.**Medida por medida** – Shakespeare
1040.**Razão e sentimento** – Jane Austen
1041.**A obra-prima ignorada** ***seguido de*** **Um episódio durante o Terror** – Balzac
1042.**A fugitiva** – Anaïs Nin
1043.**As grandes histórias da mitologia greco-romana** – A. S. Franchini
1044.**O corno de si mesmo & outras historietas** – Marquês de Sade
1045.**Da felicidade** ***seguido de*** **Da vida retirada** – Sêneca
1046.**O horror em Red Hook e outras histórias** – H. P. Lovecraft
1047.**Noite em claro** – Martha Medeiros
1048.**Poemas clássicos chineses** – Li Bai, Du Fu e Wang Wei
1049.**A terceira moça** – Agatha Christie
1050.**Um destino ignorado** – Agatha Christie
1051(26).**Buda** – Sophie Royer
1052.**Guerra Fria** – Robert J. McMahon
1053.**Simons's Cat: as aventuras de um gato travesso e comilão – vol. 1** – Simon Tofield
1054.**Simons's Cat: as aventuras de um gato travesso e comilão – vol. 2** – Simon Tofield
1055.**Só as mulheres e as baratas sobreviverão** – Claudia Tajes
1057.**Pré-história** – Chris Gosden
1058.**Pintou sujeira!** – Mauricio de Sousa
1059.**Contos de Mamãe Gansa** – Charles Perrault
1060.**A interpretação dos sonhos: vol. 1** – Freud
1061.**A interpretação dos sonhos: vol. 2** – Freud
1062.**Frufru Rataplã Dolores** – Dalton Trevisan
1063.**As melhores histórias da mitologia egípcia** – Carmem Seganfredo e A.S. Franchini
1064.**Infância. Adolescência. Juventude** – Tolstói
1065.**As consolações da filosofia** – Alain de Botton
1066.**Diários de Jack Kerouac – 1947-1954**
1067.**Revolução Francesa – vol. 1** – Max Gallo
1068.**Revolução Francesa – vol. 2** – Max Gallo
1069.**O detetive Parker Pyne** – Agatha Christie
1070.**Memórias do esquecimento** – Flávio Tavares
1071.**Drogas** – Leslie Iversen
1072.**Manual de ecologia (vol.2)** – J. Lutzenberger
1073.**Como andar no labirinto** – Affonso Romano de Sant'Anna
1074.**A orquídea e o serial killer** – Juremir Machado da Silva
1075.**Amor nos tempos de fúria** – Lawrence Ferlinghetti
1076.**A aventura do pudim de Natal** – Agatha Christie
1078.**Amores que matam** – Patricia Faur
1079.**Histórias de pescador** – Mauricio de Sousa
1080.**Pedaços de um caderno manchado de vinho** – Bukowski
1081.**A ferro e fogo: tempo de solidão (vol.1)** – Josué Guimarães
1082.**A ferro e fogo: tempo de guerra (vol.2)** – Josué Guimarães
1084(17).**Desembarcando o Alzheimer** – Dr. Fernando Lucchese e Dra. Ana Hartmann
1085.**A maldição do espelho** – Agatha Christie
1086.**Uma breve história da filosofia** – Nigel Warburton
1088.**Heróis da História** – Will Durant
1089.**Concerto campestre** – L. A. de Assis Brasil
1090.**Morte nas nuvens** – Agatha Christie
1092.**Aventura em Bagdá** – Agatha Christie
1093.**O cavalo amarelo** – Agatha Christie
1094.**O método de interpretação dos sonhos** – Freud

1095.**Sonetos de amor e desamor** – Vários
1096.**120 tirinhas do Dilbert** – Scott Adams
1097.**200 fábulas de Esopo**
1098.**O curioso caso de Benjamin Button** – F. Scott Fitzgerald
1099.**Piadas para sempre: uma antologia para morrer de rir** – Visconde da Casa Verde
1100.**Hamlet (Mangá)** – Shakespeare
1101.**A arte da guerra (Mangá)** – Sun Tzu
1104.**As melhores histórias da Bíblia (vol.1)** – A. S. Franchini e Carmen Seganfredo
1105.**As melhores histórias da Bíblia (vol.2)** – A. S. Franchini e Carmen Seganfredo
1106.**Psicologia das massas e análise do eu** – Freud
1107.**Guerra Civil Espanhola** – Helen Graham
1108.**A autoestrada do sul e outras histórias** – Julio Cortázar
1109.**O mistério dos sete relógios** – Agatha Christie
1110.**Peanuts: Ninguém gosta de mim... (amor)** – Charles Schulz
1111.**Cadê o bolo?** – Mauricio de Sousa
1112.**O filósofo ignorante** – Voltaire
1113.**Totem e tabu** – Freud
1114.**Filosofia pré-socrática** – Catherine Osborne
1115.**Desejo de status** – Alain de Botton
1118.**Passageiro para Frankfurt** – Agatha Christie
1120.**Kill All Enemies** – Melvin Burgess
1121.**A morte da sra. McGinty** – Agatha Christie
1122.**Revolução Russa** – S. A. Smith
1123.**Até você, Capitu?** – Dalton Trevisan
1124.**O grande Gatsby (Mangá)** – F. S. Fitzgerald
1125.**Assim falou Zaratustra (Mangá)** – Nietzsche
1126. **Peanuts: É para isso que servem os amigos (amizade)** – Charles Schulz
1127(27).**Nietzsche** – Dorian Astor
1128.**Bidu: Hora do banho** – Mauricio de Sousa
1129.**O melhor do Macanudo Taurino** – Santiago
1130.**Radicci 30 anos** – Iotti
1131.**Show de sabores** – J.A. Pinheiro Machado
1132.**O prazer das palavras** – vol. 3 – Cláudio Moreno
1133.**Morte na praia** – Agatha Christie
1134.**O fardo** – Agatha Christie
1135.**Manifesto do Partido Comunista (Mangá)** – Marx & Engels
1136.**A metamorfose (Mangá)** – Franz Kafka
1137.**Por que você não se casou... ainda** – Tracy McMillan
1138.**Textos autobiográficos** – Bukowski
1139.**A importância de ser prudente** – Oscar Wilde
1140.**Sobre a vontade na natureza** – Arthur Schopenhauer
1141.**Dilbert (8)** – Scott Adams
1142.**Entre dois amores** – Agatha Christie
1143.**Cipreste triste** – Agatha Christie
1144.**Alguém viu uma assombração?** – Mauricio de Sousa
1145.**Mandela** – Elleke Boehmer
1146.**Retrato do artista quando jovem** – James Joyce
1147.**Zadig ou o destino** – Voltaire
1148.**O contrato social (Mangá)** – J.-J. Rousseau
1149.**Garfield fenomenal** – Jim Davis
1150.**A queda da América** – Allen Ginsberg
1151.**Música na noite & outros ensaios** – Aldous Huxley
1152.**Poesias inéditas & Poemas dramáticos** – Fernando Pessoa
1153.**Peanuts: Felicidade é...** – Charles M. Schulz
1154.**Mate-me por favor** – Legs McNeil e Gillian McCain
1155.**Assassinato no Expresso Oriente** – Agatha Christie
1156.**Um punhado de centeio** – Agatha Christie
1157.**A interpretação dos sonhos (Mangá)** – Freud
1158.**Peanuts: Você não entende o sentido da vida** – Charles M. Schulz
1159.**A dinastia Rothschild** – Herbert R. Lottman
1160.**A Mansão Hollow** – Agatha Christie
1161.**Nas montanhas da loucura** – H.P. Lovecraft
1162(28).**Napoleão Bonaparte** – Pascale Fautrier
1163.**Um corpo na biblioteca** – Agatha Christie
1164.**Inovação** – Mark Dodgson e David Gann
1165.**O que toda mulher deve saber sobre os homens: a afetividade masculina** – Walter Riso
1166.**O amor está no ar** – Mauricio de Sousa
1167.**Testemunha de acusação & outras histórias** – Agatha Christie
1168.**Etiqueta de bolso** – Celia Ribeiro
1169.**Poesia reunida (volume 3)** – Affonso Romano de Sant'Anna
1170.**Emma** – Jane Austen
1171.**Que seja em segredo** – Ana Miranda
1172.**Garfield sem apetite** – Jim Davis
1173.**Garfield: Foi mal...** – Jim Davis
1174.**Os irmãos Karamázov (Mangá)** – Dostoiévski
1175.**O Pequeno Príncipe** – Antoine de Saint-Exupéry
1176.**Peanuts: Ninguém mais tem o espírito aventureiro** – Charles M. Schulz
1177.**Assim falou Zaratustra** – Nietzsche
1178.**Morte no Nilo** – Agatha Christie
1179.**Ê, soneca boa** – Mauricio de Sousa
1180.**Garfield a todo o vapor** – Jim Davis
1181.**Em busca do tempo perdido (Mangá)** – Proust
1182.**Cai o pano: o último caso de Poirot** – Agatha Christie
1183.**Livro para colorir e relaxar** – Livro 1
1184.**Para colorir sem parar**
1185.**Os elefantes não esquecem** – Agatha Christie
1186.**Teoria da relatividade** – Albert Einstein
1187.**Compêndio da psicanálise** – Freud
1188.**Visões de Gerard** – Jack Kerouac
1189.**Fim de verão** – Mohiro Kitoh
1190.**Procurando diversão** – Mauricio de Sousa
1191.**E não sobrou nenhum e outras peças** – Agatha Christie
1192.**Ansiedade** – Daniel Freeman & Jason Freeman
1193.**Garfield: pausa para o almoço** – Jim Davis
1194.**Contos do dia e da noite** – Guy de Maupassant
1195.**O melhor de Hagar 7** – Dik Browne
1196(29).**Lou Andreas-Salomé** – Dorian Astor

1197(30).**Pasolini** – René de Ceccatty
1198.**O caso do Hotel Bertram** – Agatha Christie
1199.**Crônicas de motel** – Sam Shepard
1200.**Pequena filosofia da paz interior** – Catherine Rambert
1201.**Os sertões** – Euclides da Cunha
1202.**Treze à mesa** – Agatha Christie
1203.**Bíblia** – John Riches
1204.**Anjos** – David Albert Jones
1205.**As tirinhas do Guri de Uruguaiana 1** – Jair Kobe
1206.**Entre aspas (vol.1)** – Fernando Eichenberg
1207.**Escrita** – Andrew Robinson
1208.**O spleen de Paris: pequenos poemas em prosa** – Charles Baudelaire
1209.**Satíricon** – Petrônio
1210.**O avarento** – Molière
1211.**Queimando na água, afogando-se na chama** – Bukowski
1212.**Miscelânea septuagenária: contos e poemas** – Bukowski
1213.**Que filosofar é aprender a morrer e outros ensaios** – Montaigne
1214.**Da amizade e outros ensaios** – Montaigne
1215.**O medo à espreita e outras histórias** – H.P. Lovecraft
1216.**A obra de arte na era de sua reprodutibilidade técnica** – Walter Benjamin
1217.**Sobre a liberdade** – John Stuart Mill
1218.**O segredo de Chimneys** – Agatha Christie
1219.**Morte na rua Hickory** – Agatha Christie
1220.**Ulisses (Mangá) –** James Joyce
1221.**Ateísmo** – Julian Baggini
1222.**Os melhores contos de Katherine Mansfield** – Katherine Mansfield
1223(31).**Martin Luther King** – Alain Foix
1224.**Millôr Definitivo: uma antologia de *A Bíblia do Caos*** – Millôr Fernandes
1225.**O Clube das Terças-Feiras e outras histórias** – Agatha Christie
1226.**Por que sou tão sábio** – Nietzsche
1227.**Sobre a mentira** – Platão
1228.**Sobre a leitura** ***seguido do*** **Depoimento de Céleste Albaret** – Proust
1229.**O homem do terno marrom** – Agatha Christie
1230(32).**Jimi Hendrix** – Franck Médioni
1231.**Amor e amizade e outras histórias** – Jane Austen
1232.**Lady Susan, Os Watson e Sanditon** – Jane Austen
1233.**Uma breve história da ciência** – William Bynum
1234.**Macunaíma: o herói sem nenhum caráter** – Mário de Andrade
1235.**A máquina do tempo** – H.G. Wells
1236.**O homem invisível** – H.G. Wells
1237.**Os 36 estratagemas: manual secreto da arte da guerra** – Anônimo
1238.**A mina de ouro e outras histórias** – Agatha Christie
1239.**Pic** – Jack Kerouac
1240.**O habitante da escuridão e outros contos** – H.P. Lovecraft
1241.**O chamado de Cthulhu e outros contos** – H.P. Lovecraft
1242.**O melhor de Meu reino por um cavalo!** – Edição de Ivan Pinheiro Machado
1243.**A guerra dos mundos** – H.G. Wells
1244.**O caso da criada perfeita e outras histórias** – Agatha Christie
1245.**Morte por afogamento e outras histórias** – Agatha Christie
1246.**Assassinato no Comitê Central** – Manuel Vázquez Montalbán
1247.**O papai é pop** – Marcos Piangers
1248.**O papai é pop 2** – Marcos Piangers
1249.**A mamãe é rock** – Ana Cardoso
1250.**Paris boêmia** – Dan Franck
1251.**Paris libertária** – Dan Franck
1252.**Paris ocupada** – Dan Franck
1253.**Uma anedota infame** – Dostoiévski
1254.**O último dia de um condenado** – Victor Hugo
1255.**Nem só de caviar vive o homem** – J.M. Simmel
1256.**Amanhã é outro dia** – J.M. Simmel
1257.**Mulherzinhas** – Louisa May Alcott
1258.**Reforma Protestante** – Peter Marshall
1259.**História econômica global** – Robert C. Allen
1260(33).**Che Guevara** – Alain Foix
1261.**Câncer** – Nicholas James
1262.**Akhenaton** – Agatha Christie
1263.**Aforismos para a sabedoria de vida** – Arthur Schopenhauer
1264.**Uma história do mundo** – David Coimbra
1265.**Ame e não sofra** – Walter Riso
1266.**Desapegue-se!** – Walter Riso
1267.**Os Sousa: Uma família do barulho** – Mauricio de Sousa
1268.**Nico Demo: O rei da travessura** – Mauricio de Sousa
1269.**Testemunha de acusação e outras peças** – Agatha Christie
1270(34).**Dostoiévski** – Virgil Tanase
1271.**O melhor de Hagar 8** – Dik Browne
1272.**O melhor de Hagar 9** – Dik Browne
1273.**O melhor de Hagar 10** – Dik e Chris Browne
1274.**Considerações sobre o governo representativo** – John Stuart Mill
1275.**O homem Moisés e a religião monoteísta** – Freud
1276.**Inibição, sintoma e medo** – Freud
1277.**Além do princípio de prazer** – Freud
1278.**O direito de dizer não!** – Walter Riso
1279.**A arte de ser flexível** – Walter Riso
1280.**Casados e descasados** – August Strindberg
1281.**Da Terra à Lua** – Júlio Verne
1282.**Minhas galerias e meus pintores** – Kahnweiler
1283.**A arte do romance** – Virginia Woolf
1284.**Teatro completo v. 1: As aves da noite** ***seguido de*** **O visitante** – Hilda Hilst

1285.**Teatro completo v. 2: O verdugo *seguido de* A morte do patriarca** – Hilda Hilst
1286.**Teatro completo v. 3: O rato no muro *seguido de* Auto da barca de Camiri** – Hilda Hilst
1287.**Teatro completo v. 4: A empresa *seguido de* O novo sistema** – Hilda Hilst
1289.**Fora de mim** – Martha Medeiros
1290.**Divã** – Martha Medeiros
1291.**Sobre a genealogia da moral: um escrito polêmico** – Nietzsche
1292.**A consciência de Zeno** – Italo Svevo
1293.**Células-tronco** – Jonathan Slack
1294.**O fim do ciúme e outros contos** – Proust
1295.**A jangada** – Júlio Verne
1296.**A ilha do dr. Moreau** – H.G. Wells
1297.**Ninho de fidalgos** – Ivan Turguêniev
1298.**Jane Eyre** – Charlotte Brontë
1299.**Sobre gatos** – Bukowski
1300.**Sobre o amor** – Bukowski
1301.**Escrever para não enlouquecer** – Bukowski
1302.**222 receitas** – J. A. Pinheiro Machado
1303.**Reinações de Narizinho** – Monteiro Lobato
1304.**O Saci** – Monteiro Lobato
1305.**Memórias da Emília** – Monteiro Lobato
1306.**O Picapau Amarelo** – Monteiro Lobato
1307.**A reforma da Natureza** – Monteiro Lobato
1308.**Fábulas *seguido de* Histórias diversas** – Monteiro Lobato
1309.**Aventuras de Hans Staden** – Monteiro Lobato
1310.**Peter Pan** – Monteiro Lobato
1311.**Dom Quixote das crianças** – Monteiro Lobato
1312.**O Minotauro** – Monteiro Lobato
1313.**Um quarto só seu** – Virginia Woolf
1314.**Sonetos** – Shakespeare
1315(35).**Thoreau** – Marie Berthoumieu e Laura El Makki
1316.**Teoria da arte** – Cynthia Freeland
1317.**A arte da prudência** – Baltasar Gracián
1318.**O louco *seguido de* Areia e espuma** – Khalil Gibran
1319.**O profeta *seguido de* O jardim do profeta** – Khalil Gibran
1320.**Jesus, o Filho do Homem** – Khalil Gibran
1321.**A luta** – Norman Mailer
1322.**Sobre o sofrimento do mundo e outros ensaios** – Schopenhauer
1323.**Epidemiologia** – Rodolfo Sacacci
1324.**Japão moderno** – Christopher Goto-Jones
1325.**A arte da meditação** – Matthieu Ricard
1326.**O adversário secreto** – Agatha Christie
1327.**Pollyanna** – Eleanor H. Porter
1328.**Espelhos** – Eduardo Galeano
1329.**A Vênus das peles** – Sacher-Masoch
1330.**O 18 de brumário de Luís Bonaparte** – Karl Marx
1331.**Um jogo para os vivos** – Patricia Highsmith
1332.**A tristeza pode esperar** – J.J. Camargo
1333.**Vinte poemas de amor e uma canção desesperada** – Pablo Neruda
1334.**Judaísmo** – Norman Solomon
1335.**Esquizofrenia** – Christopher Frith & Eve Johnstone
1336.**Seis personagens em busca de um autor** – Luigi Pirandello
1337.**A Fazenda dos Animais** – George Orwell
1338.**1984** – George Orwell
1339.**Ubu Rei** – Alfred Jarry
1340.**Sobre bêbados e bebidas** – Bukowski
1341.**Tempestade para os vivos e para os mortos** – Bukowski
1342.**Complicado** – Natsume Ono
1343.**Sobre o livre-arbítrio** – Schopenhauer
1344.**Uma breve história da literatura** – John Sutherland
1345.**Você fica tão sozinho às vezes que até faz sentido** – Bukowski
1346.**Um apartamento em Paris** – Guillaume Musso
1347.**Receitas fáceis e saborosas** – José Antonio Pinheiro Machado
1348.**Por que engordamos** – Gary Taubes
1349.**A fabulosa história do hospital** – Jean-Noël Fabiani
1350.**Voo noturno *seguido de* Terra dos homens** – Antoine de Saint-Exupéry
1351.**Doutor Sax** – Jack Kerouac
1352.**O livro do Tao e da virtude** – Lao-Tsé
1353.**Pista negra** – Antonio Manzini
1354.**A chave de vidro** – Dashiell Hammett
1355.**Martin Eden** – Jack London
1356.**Já te disse adeus, e agora, como te esqueço?** – Walter Riso
1357.**A viagem do descobrimento** – Eduardo Bueno
1358.**Náufragos, traficantes e degredados** – Eduardo Bueno
1359.**Retrato do Brasil** – Paulo Prado
1360.**Maravilhosamente imperfeito, escandalosamente feliz** – Walter Riso
1361.**É...** – Millôr Fernandes
1362.**Duas tábuas e uma paixão** – Millôr Fernandes
1363.**Selma e Sinatra** – Martha Medeiros
1364.**Tudo que eu queria te dizer** – Martha Medeiros
1365.**Várias histórias** – Machado de Assis
1366.**A sabedoria do Padre Brown** – G. K. Chesterton
1367.**Capitães do Brasil** – Eduardo Bueno
1368.**O falcão maltês** – Dashiell Hammett
1369.**A arte de estar com a razão** – Arthur Schopenhauer
1370.**A visão dos vencidos** – Miguel León-Portilla
1371.**A coroa, a cruz e a espada** – Eduardo Bueno
1372.**Poética** – Aristóteles
1373.**O reprimido** – Agatha Christie
1374.**O espelho do homem morto** – Agatha Christie
1375.**Cartas sobre a felicidade e outros textos** – Epicuro
1376.**A corista e outras histórias** – Anton Tchékhov
1377.**Na estrada da beatitude** – Eduardo Bueno

L&PM POCKET
MANGÁ
Inio Asano
Solanin
1
L&PM POCKET MANGÁ
Inio Asano
Solanin
2
L&PM POCKET MANGÁ
Mitsuru Adachi
Aventuras de menino
51
L&PM POCKET MANGÁ

IMPRESSÃO:

PALLOTTI
GRÁFICA

Santa Maria - RS | Fone: (55) 3220.4500
www.graficapallotti.com.br